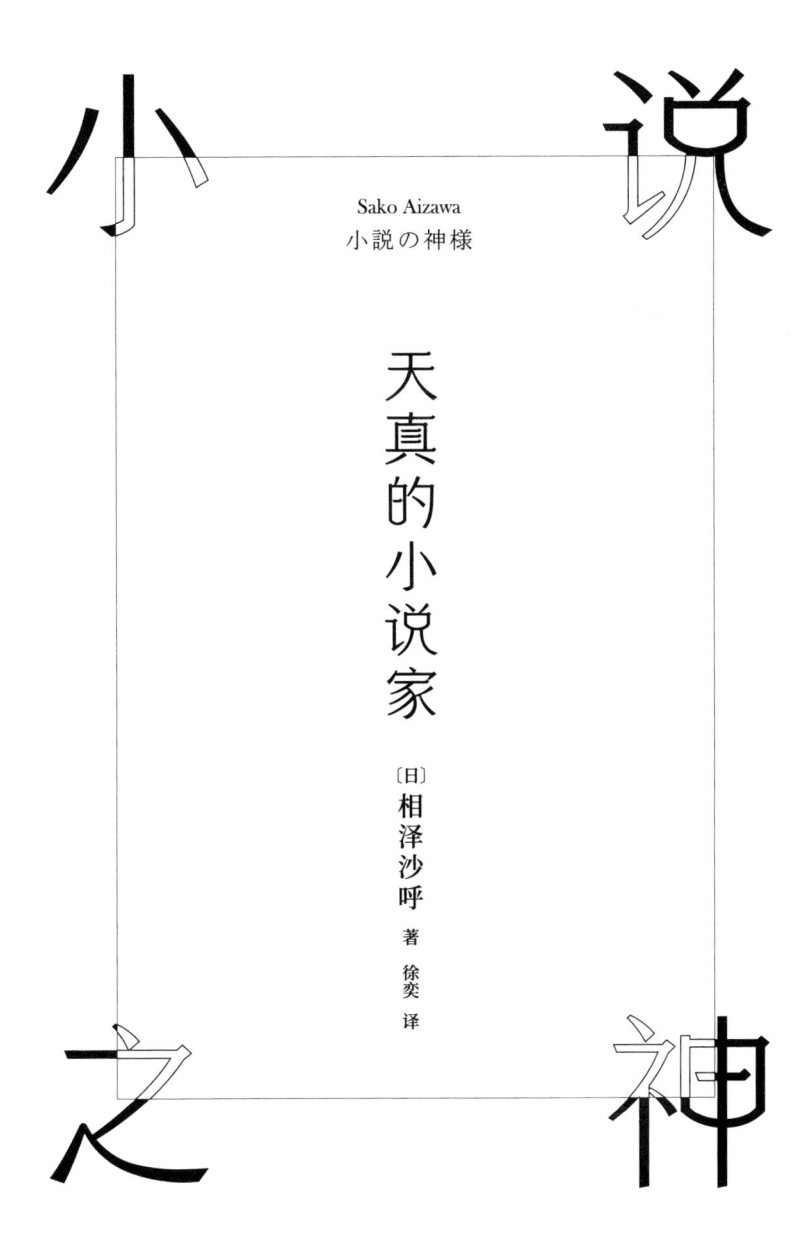

Sako Aizawa
小説の神様

天真的小说家

〔日〕相泽沙呼 著

徐奕 译

人民文学出版社
PEOPLE'S LITERATURE PUBLISHING HOUSE

著作权合同登记：图字 01-2021-1583 号

SHOUSETSU NO KAMISAMA by Sako Aisawa
Copyright © Sako Aisawa 2016
All rights reserved.
Original Japanese edition published by KODANSHA LTD.
Publication rights for Simplified Chinese character edition arranged with KODANSHA LTD.
through KODANSHA BEIJING CULTURE LTD. Beijing，China

图书在版编目(CIP)数据

小说之神. 天真的小说家 /（日）相泽沙呼著；徐奕译. -- 北京：人民文学出版社，2025. -- ISBN 978-7-02-019236-6

Ⅰ．I313.45

中国国家版本馆 CIP 数据核字第 202565KW25 号

责任编辑	李　娜　张玉贞
封面设计	汪佳诗

出版发行	人民文学出版社
社　　址	北京市朝内大街 166 号
邮政编码	100705
印　　制	山东新华印务有限公司
经　　销	全国新华书店等
字　　数	150 千字
开　　本	889 毫米×1194 毫米　1/32
印　　张	9
版　　次	2021 年 7 月北京第 1 版
印　　次	2025 年 3 月第 1 次印刷
书　　号	978-7-02-019236-6
定　　价	75.00 元

如有印装质量问题，请与本社图书销售中心调换。电话：010-65233595

出场人物：

千谷一也　　没有销路的高中生作家，文艺部成员。

小余绫诗止　人气作家，一也高中的转学生。

千谷雏子　　一也的妹妹，正在住院。

九里正树　　文艺部部长，一也的朋友。

成濑秋乃　　写小说的高一学生。

河野老师　　一也和诗止的责任编辑。

目次

第一章　一颗星　　　　　　　　001

第二章　老虎发抖了　　　　　　026

第三章　对小说的正确评价　　　065

第四章　故事结束了　　　　　　125

第五章　小说之神　　　　　　　201

尾声　　　　　　　　　　　　　279

第一章　一颗星

我并没有觉察出春天已经来临。

肆意的冷风刮来一串叽叽喳喳的嬉笑声，在通向高中的向阳面的马路上与我擦身而过。这些高一女生还不太习惯身上的新校服，可要不了多久她们这身笔挺的校服就会像坚冰融化一样服帖地被穿在身上。而我穿上它已经一年了，旧了的校服依然不太合身。

我大概就是做不成小说主人公的那一类人。

面对毫无推进、拖沓无聊的日常，读者定会咽下一个哈欠，停止翻看，继而将书随手扔掉吧？

我便是如此空洞。

我走进教室，一屁股坐在安排给我的座位上。位置恰好靠着走廊，十分符合无趣主角的人设，是一个阴暗的角落。

清晨的阳光并未洒满整间教室，班里其乐融融的气象，却让我感觉刺眼——那些捧腹大笑的女生，还有跟好友拍着肩膀吵吵嚷嚷的男生。

我背过脸去，独自打发时间。突然教室的气氛变得有些诡异，时间仿佛刹那间凝固了。我朝教室门口看了一眼。

只见一头秀美的黑发在风中飞舞。这只是我的错觉。因为教室里并没有开窗，自然不会有风。然而那头黑色长发被阳光照射着,在我的视觉上留下了鲜明的印象。看见女孩走进来,有人轻轻嘘了一声。

对于这个女孩,用漂亮来形容比可爱更为适合。她身材修长因此略显成熟,看上去十分高冷,像一把精心打磨过的利刃。

"小余绫,早啊。"

"早上好。"

女孩名叫小余绫诗止,让她来当主角再合适不过,即使身处嘈杂,她依旧能随时吸引别人的注意。她的气场太强大,这个春天才转来我们班,只一个星期,就被同学们妥妥地接纳了。

小余绫诗止在同学们的簇拥下,朝我走来。她的座位在我边上。这里虽照不到太阳,却是班上最耀眼的一个位子。

她坐了下来,去跟女生们说话,我偷偷瞅了瞅她的侧脸。我之所以这么做有几个原因,当然我不否认其中之一就是她的美确实吸引了我,另外我还觉得她很面熟。

大概我看得有些久,她也看向了我,我赶紧避开。

"千谷君,"我被她的叫声吓了一跳,怯怯地回过头,而她正看着我,"有事吗?"

周围的几个女生看见她突然开口跟我说话,都十分不解，随后她们便将好奇的眼神转移到了我的身上。这时，小余绫嘴边浮出了一抹浅笑。

"没有，那个……"

我的脑子一片空白。一双玻璃球般闪闪发亮的黑眸子正紧紧地盯着我。

我羞得脸颊发烫，嘴唇发干，出了一身的汗，恨不得闭上眼睛，可我的双唇又很努力地去回答她的提问。

"那个，你，喜欢小说吗？"

这话太莫名其妙了吧？

我也这么觉得。女生们被我冒出的傻话搞糊涂了。

而小余绫诗止——

我形容不出她当时的表情，浮现在我眼前的是一种空虚和怀念。她双目微睁，睫毛闪动，张开了嘴，露出一口洁白的牙齿，紧张得说不出一句话。她一动也不动，就像是一个坏了的人偶。

我再也忍受不住双颊的热度，急忙起身，逃也似的跑出了教室。

"什么情况？"语带惊奇的议论在我身后此起彼伏，"恶不恶心啊？""没办法啊，小余绫太漂亮了""那小子满脸通红欸，太好笑了"。

我甩掉它们，快步穿过走廊。一想到小余绫刚才的那双眼睛，我就有一种强烈的犯罪感，仿佛一件艺术品毁在了我的手中。瞧我都说了些什么啊！或许她本就不是我能随便搭讪的，我这种人根本不该去招惹阳光世界里的人。

*

"嗯，这个恐怕不行。"

车站附近有一家精美的咖啡馆，店内的原木装潢很受女性顾客喜爱。河野又看了一眼摊在桌上的稿纸，沉思片刻，轻轻嗯了一声，重新抬起了头。

河野是个二十五六岁的女人，大概是。不过看她的经历，实际上也许不止。她染着淡色的披肩发，长度刚好能露出脖子，一双大眼睛十分知性。

"是吗？河野小姐可真严格。"

"会吗？"

"嗯，我这还是第一次在情节构想上就被毙了。"

"哦，兴许是我之前负责漫画养成的毛病吧。"

河野继续说，将身子往前探了探："千谷君，你真的想写这部书？你想表达什么？创作的目的呢？你似乎并没有告诉我答案，你说呢？"

"这……"

"就连试写的这个开头，也完全读不出诚意。这不是千谷一夜的风格。你在敷衍我吧？这可不好。"

"对不起。"

"嗯，你的心情我理解。"

河野抱着双臂，看向我，脸上露出尴尬的微笑。

千谷一夜——

知道这位小说家名字的，在真正的书虫里也没有几个。

这很正常，因为他的小说完全没有销路。

三年前，千谷一夜从大众文艺类的新人奖中出道，是一个经历不详的蒙面作家。可他的资料怎么能对外公布呢？他当时就是一个初二的小毛孩子。

听说出版社原打算把他作为新手年轻作家推给读者，可我不同意。我觉得没有人愿意读一个毫无人生经验的中学生的文章。那些怪里怪气的偏见和先入为主的想法，拿出来绝对会被批得体无完肤。我从我爸身上早就获知读者和评论家都是些随心所欲、任意指责别人作品的家伙。

没错，我爸爸也是一个作家。大概这也算个卖点，可我并不希望别人戴着这副有色眼镜来评判我的作品。一旦把我的身世公布出去，难免不公。有了这种担心，我便坚持隐瞒所有来历，以一个蒙面作家出道。

而自打我初中加入小说家行列以来，一晃已经三年了。

"我不打算再写小说了。"

河野又把目光投向刚才看过的那叠稿纸。

"我就这么点水平。"

河野又微微地往前探了探身，说："虽然目前情况不理想，可期待千谷一夜作品的也一定大有人在。我们一起为他们创作一些好作品吧。"

我的胸口突然一阵剧痛，挣扎道："那他们是一个人？"

"啊？"

"还是两个人、三个人？有多少人在期待呢？市面上多得是被十万、几十万读者追捧的作品。我的小说能有它们几分之一的价值，还是几十分之一、几百分之一？"

"千谷君，这得慢慢来啊。"

"可印数越来越少不是吗？难道有可能增加吗？每出一本，印数就减少几成。我的书现在书店里都不怎么摆了吧？这样怎么会有人来买？"

"不是这样的。也有书店在支持你啊。"

"可大家都说我写得差，我实在不明白为什么还非写不可。比我写得好的人有的是啊。"

"这……"河野语气中夹杂着些许惊讶。

当然，我理解。

我知道自己只会幼稚地罗列一些拙劣的词语。

然而我还是管不住自己。屈辱、恐惧、愤怒、困惑，五味杂陈，引发了我无法控制的化学反应，叫我快爆炸了。诚然，冲河野发火没有任何意义，我只会叫她为难，这点我很清楚。

可我已经不希望她再来管我了。

"至少我还想看千谷一夜的新书,"河野小姐仍紧紧抓着任性的我,耐着性子劝慰我说,"只有一个读者不也挺好吗?两个人、三个人都可以,谁刚开始写作不都只是因为个别的几个人?"

是吗?我没话好说。

"我们一起想办法,弄出一部好小说。千谷你肯定还没放弃,对吗?"

我被她问得模棱两可地点了点头。可我并不十分肯定。我还没有放弃,真是这样的吗?

到后来我还是被河野的执着打动了,跟她定下了下次见面的时间。我答应下周前把新的情节大纲、开头部分写好,然后发邮件给她。

其实河野并非负责我出道作品的出版社编辑。她是读了我的小说后特意找到我,问我"愿不愿意给我们公司写稿"的。而我却已经让她等了好几个月。

"对了,你妹妹身体怎么样了?"分开前河野问我。

"好多了,等稳定些大概就能出门了。"

"是吗?"河野笑了笑,"那太好了。"

我谢过她的橙汁,在车站前分了手。因为刚才提到了妹妹,我猛然记起还得去帮她买点东西。这事挺叫我为难的,可如果假装忘掉,她一定会很恼火。

我去了一家中等规模的书店。刚走进自动门,就看见杂志柜台边上,标着"热门文艺书籍"的专柜里堆满了三十二开本的小说,净是些即将被改编成影视剧的热门书。书店没理由摆放销量不到一万册的平庸小说,这里是仅容高雅的、崇高名著存身的殿堂。

这里太刺眼了。

我拼命避开那些平铺在展台上的作品,可目光还是很自然地被吸引了过去。为什么一部作品要占这么大一片空间?这样一来,没有名气的作品当然要吃亏了。不需要宣传也很好卖的作品都堆在展台上,普通的就只能默默地藏在书店一角、几乎没人会光顾的书架上了。

为了找想买的书,我走到摆放文库本①的专柜前。专柜四周贴满了手绘小广告,到处都摆着畅销小说。封面一律是近年流行的插画风,风格也跟商量好了似的相差无几。突然其中的一本映入了我的眼帘。这是两年前才开始出版的一个系列中的第四本,腰封上赫然印着即将被改编成电视剧,以及累计销售过百万的字样。书店精心为它手绘了一幅小广告,摆放的气势也盖过了其他作家的作品。

我屏住呼吸,伸手取过书,紧张地翻了几页,随即把书合上。

---

① 文库本:日本的小型开本书籍,一般都是平装,A6大小,105 mm × 148 mm 的版面,价格较之普通单行本更为便宜。

我认识书的作者，也见过面。他是在我出道的第二年，同样凭借获得新人奖走入文坛的。当时他还在读大学。因为年轻、刚刚出道，我记得他当时还挺受关注的。而我那时候已经出了第三本书，依旧没什么销路，便有些微妙的焦虑和戒备。想当初评审员对我的作品多有褒奖，我也自认有些写作才能，而一旦看到写出的书都没有销路，便感觉那不过是自我陶醉而已。事实上，在有些针对我的书评里，比如培养出许多小说家的专科学校的名师，曾说过"这文章写得，我真想把自己的眼睛闭上"之类的话。因此这位大学生出道时，我感到了危机。全社会都在关注年轻人，一旦比我年长，写作水平也高过我的人出道，那我会怎样？怀揣着这种无法言喻的不安，我读了责编赠送的获奖作品，读完后我放心了。

我打心底松了一口气。

作品很稚嫩，跟学生习作一个水平，分行特别多，内容也很空，一部毫无特色、完全不能打动人心的作品而已。不过故事编得不错，读着读着手就会不由自主地往下翻。仅此而已，读过就忘了，就像朋友间聊天，留不下什么，纯粹娱乐。

我彻底放心了。他的书定然卖不出去，不用说他也将跟我一样泯然于众人。只要这类书一多，我便有理由安慰自己，得过这个文学奖的人的书都没什么销路。

我是这么认为的。

可我错了。我太蠢了。难怪大家都说中学生狂妄。我的价值观明显不合时宜，怪不得写的书卖不出去。事实教训了我。

那本书居然卖出去了，大卖特卖，简直卖疯了。很快书就开始再版，书店展台上码得满满的。书店里看不到我的书，他的却摆了几十本，所有位置都被他一个人占去了。

如今，他的书终于要拍电视剧了。

恭喜啊。

我又瞟了一眼手里的书。

说实话，我很迷惑。我以为自己会懂，也想装出理解的模样，可我还是想不明白。这本书这么好卖，这么受欢迎，为什么我的却无人问津？我曾经在网上查过几次此书的相关评论——"很有趣，一口气读完的""完美的故事""真的看哭了""人设好可爱"都是夸赞，每个读者都真心表示喜欢。与此相反，我……

我拖着沉重的脚步离开了专柜，帮妹妹去把她要的几本书找出来。中途我在一排书架前站住了。如果摆出来的话，应该就在这一区。我惴惴不安地犹豫了十分钟，不知该不该朝书架上看。我清楚地感觉自己在发抖，头晕目眩，还有点恶心，却始终迈不开腿，整个人被试图一探究竟的情绪支配着，心乱如麻。我看一眼吧，我应该看的。最好还是算了。结果明摆着，可就连那本书都堆得那么高不是吗？所以至少有一本，至少会有一本吧。

我抬起头。

如果店里有我的书，那应该就插在这个书架上。

然而……

烂到家的书，书店里是不会有的。

不可能有的啊。

"虽然目前情况不理想，可期待千谷一夜作品的也一定大有人在。"

真的？真是这样吗？

我没精打采地走在街上，从口袋里摸出手机，上网打开一个书评网。我抵挡不住诱惑，我需要安慰，希望看见一线光明。

书评网上有很多读者点评，各类小说的都有。我用自己的名字搜索了一下。一个人，哪怕有一个人……我发现自己半年前出版的新书后边，点评竟然比之前多出了几条。我好激动。或许河野真没有骗我，我赶忙去看书评——

"真够烂的，浪费我的时间""老实说，这家伙是不是可以别再当作家了""烂书，别再卖了""作者大概也跟主人公一样恶心，看不下去了""从图书馆借的，无聊。太对不起图书馆的购书服务了""一颗星。当垃圾一起扔了，狗屎小说"。

回到家，我躲在被子里。
我挣扎着，拼命挣扎。
我不知自己继续写下去还有什么意义。大家都唾弃我、讨厌我，我实在找不到坚持下去的理由。
我躲在昏暗的屋内，蒙着毯子，不住地抽泣。尽管我很清楚这并不能治愈我心中的痛苦，眼泪还是不争气地滚落下来。
小说有什么用，它只会折磨我。
我恨死小说了。

*

第二天一放学我就逃去了文艺部的活动室。
教室让我觉得压抑，问题大概就出在我这种垃圾昨天竟冒冒失失地搭讪了大美人小余绫。
你喜欢小说吗？
我之所以会没头没脑地冒出这个问题，都怪九里正树。就在前不久，我在走廊上被九里逮到，他是全校唯一一个同我说话的人。我一转身，他就冷不丁对我说："你们班新来了个转学生吧？"
九里是个大高个，虽然戴着朴素的眼镜，但长得倒还俊朗。只是他说起话来阴沉沉的，加上总摆出一副思考什么难题似的哲学家面孔，所以看上去蔫头耷脑的。

"想让你办件事。小余绫诗止，你跟她多亲近亲近。"

这是什么奇思怪想？

"什么意思？"

"叫她来我们文艺部。"

"为啥？"

"你很快就会知道。"

"搞什么啊。再说为什么要我去？你自己去。"

"我跟她不一个班啊，找不到机会。你不是坐她边上吗？"

"可是……"

"我远远地看见过她，是你的菜，你就当给自己创造机会，不挺好的？"

"你怎么知道我喜欢什么？"

"你小说里的女主角不都她那样？"

九里是全校唯一一个知道我是作家的人。而且他分析得很有道理，我没法拒绝。

"可是我和她完全不在一个世界啊。"

"未必吧。"九里说完就转身回教室了，连思考的时间都没给我。这也就是几天前的事。

九里正树是文艺部的部长。我跟他从初中时就认识。他性格沉闷，但学习非常拔尖，初中时担任过两届学生会委员。大概就是这个原因，让他比看起来更具有活动能力和社交能力。其实他根本不必特意给我出这样的难题。

进高中后,九里不知怎么就加入了文艺部,高二时还当上了文艺部长。说实话我们学校的文艺部几乎都要解散了,有能耐的前辈们一个个毕业离开了学校,现在只剩九里跟我两个,还有几个人都只挂个名。九里行事比较讲规矩,正四处活动想多拉些人进来,所以才会想到要去找小余绫吧。然而,小余绫这类美女怎么可能喜欢小说呢?一般喜欢小说、爱编故事的人性格都很孤僻。她那种受人追捧的人物,生活在阳光世界里,根本就和小说这种阴暗潮湿的兴趣无缘嘛。

我这么想着,不觉间就到了活动室门口。

我顺手推开门,愣住了。屋里有个我不认识的女生。她坐在房间靠里头的一把钢制的椅子上,见到我就睁大了红色镜框后的双眼。她合上了手中正在翻看的橘色封皮的文库本,霍地站了起来,剪得齐刷刷的头发甩了一下。

"那,那个……你是千谷一也前辈吗?"她的声音充满了活力,明快又响亮,"我,我是高一的成濑秋乃。"她讲完自己的名字,又说:"我有事想请千谷前辈帮忙。"她冲我一鞠躬,头顶朝着我。

"你能教我写小说吗?"

＊

　　这句话是扰乱我日常生活的噪声。

　　不知怎么地，我看了看这位名叫成濑秋乃的高一新生，心里竟产生了这个念头。

　　"不行吗？"

　　大概因为我一直不作声，她耷拉下了眼角。

　　"不，不，你这话我不大懂。"

　　"哦，对不起。是呢，"她边道歉边急急忙忙伸手去掏桌上书包里的东西，"是九里前辈让我来文艺部的，当时他跟我提起了千谷前辈，我就读了前辈写的小说。"

　　我愣住了。真没想到九里会跟高一新生谈起我，因为我不许他向别人透露我是作家。可当我看到成濑从包里拿出的东西，才发现自己误会了。她手里是几本文艺部制作的小册子，里面有我作为文艺部成员创作的一个短篇。成濑捧着书说："嗯，我特别喜欢《杯中的残渣》，写法既老到又有趣，完全超出了高中生的水准。尤其是最后那一句，太感人了。"

　　她腼腆地朝我笑了笑，灿烂的笑容叫我不禁低下了头。这部短篇是九里让我抽空写的，并没什么过人之处。

　　"这样啊……"

　　"嗯，我很喜欢写小说，"她激动地说，眼神在向我求助,同时上前一步,"当然,我还没法跟前辈比。不过,以前我身边都没什么人写小说。嗯,我家开了一间小书店,可我至今没遇见过谁喜欢读小说,所以读到前辈这篇文章我好高兴。没想到我们学校竟有人能写出这样的好文章。"

"不,那没什么大不了的。"

"可……可我觉得很好啊,很感人。"她捧着书激动地说。我往后退了一步,躲开她身上的热浪。

"嗯,那个,我……如果方便的话我想请千谷前辈教教我,我喜欢写作,可还写不出什么像样的东西。我跟九里前辈说过这事,他说千谷前辈应该能帮到我。"

兴许是我一直在躲避她的眼神,成濑的声音渐渐低了下去,断断续续的,飘散在活动室的空气中。

"嗯……不行吗?"她怯怯地问。

也许她也意识到了我有些不耐烦。其实我自己也很困惑,不明白这个初次见面的女孩哪里惹到我了。我把控不住自己的内心,为什么她的热情让我烦乱?

如果一个小说家连自己的心理活动都无法把握,那就只能排在三流以下了。

"成濑,你想写哪一类小说?"其实我并不感兴趣,但仍坐下来,问了一句。

"嗯,我……"一吐为快之前她先深吸了一大口气,"想写一部励志的、震撼人心的那种。"镜片背后成濑的双眼炯炯有神。"之前,小说教会了我很多东西,所以我也很想写一些有影响力的小说,成为优秀的作家。"

"小说,会震撼人心吗?"

过了好一会儿我才意识到这话是从我自己嘴里说出来的。
"啊……"
我赶忙躲过成濑不知所措的眼神,朝书橱里看了一眼。架子上净是被阳光晒得褪了色的旧文库本和我们的部刊。我回味着书中成串成串的字符,听到自己说:"不管故事里讲了多少爱和勇气,别人也不会明白。小说震撼不了人心也影响不到谁,没有人会懂得,轻飘飘的文章不可能励志的。"
"可……"
"虚构的故事有什么励志的?"我瞅着书橱里塞得满满的印刷品夸夸其谈,就像在编故事一样自然,"爱很伟大,友情很珍贵。我们为这些虚头巴脑的东西流泪,然后合上书。可到了第二天呢?我们还不是没有任何改变?成濑你真的从读过的书里学到什么吗?你只是自以为学到了,事实上还不是一样也没真正实施过?只不过感动了,流了泪,痛哭了一场,此外没有任何升华就结束了,不是吗?"

只是些废纸。

所谓作家,就是只会大量生产废纸的职业。

千万不要误以为小说能励志。

"我……"

"总之一句话,小说一点用都没有。"

成濑呆呆地看着我。我感觉自己有那么点过分。而她身上散发出来的无邪光芒,足以逼着我赶紧倒出自己的想法。都是什么事啊,说什么写小说。如果真能行,我还想请人教呢。没有人教,你就不会写了?就这么点决心你还想写小说?

这些话我都没来得及说,身后的门就响了。我不用回头也知道是九里来了。会来这里的,除了我就只有他了,成濑不过是一个例外。

然而身后的脚步声比我想象得要快。

白色的,巴掌,流星似的划过我的视野。

它优美地翻转过来,拍在了会议桌上,震得我耳膜嗡嗡响。

"你能不能别说这些蠢话。"

忽然插进来的声音闯进了我的意识。

"不要用你那些乱七八糟的偏见来谈论没有意义的事情。好歹也是文艺部的一员,对后辈讲这种话,你不觉得丢脸吗?"

我哑然地转头看了看进来的人。

小余绫诗止——受人瞩目的转学生，她怎么在这儿？

小余绫完全抛开了我在教室里看见的那种娴熟、文静和沉稳，气势汹汹地拍着桌子俯视着我，狭长的双眼目光犀利，燃烧着怒火。成濑也因为一个陌生人的突然闯入，仓皇地后退了几步。

我朝门口看了一眼，九里正缩着脖子站在那儿。小余绫并不理会我的困惑，继续说："你说小说不能励志？那是因为你写的小说不励志，不是吗？新手就不要像条丧家之犬一样狂吠乱吼了，行吗？"

"你……"

丧家之犬一样狂吠乱吼？新手？她说我是新手？

"开什么玩笑？"不知不觉我已经从椅子上站了起来，挑衅地瞪着小余绫，"所有的事情都有数据可以证明。读了小说世界就太平了？没有霸凌了？还是阻止人家自杀了？如果小说这么励志，为什么读的人这么少？你这种只知道一小部分行情的人，不要讲得跟什么都懂似的。"

然而，小余绫却丝毫没有被我打倒，她满不在乎地看了我一眼，揶揄道："如果你只能用这么幼稚的观点来看待小说的话，那就太可悲了。"

小余绫一改在班上的做派，目光冰冷又傲慢。

"这么说你也傻乎乎地认为小说能震撼人心喽？"我腾地火了，小余绫只是平静地点了点头。

不知怎么我被她那清澈的眼神打倒了。

小余绫将手按在自己胸前,自豪地说:"小说具有影响我们一生的巨大能量。"

"你有什么根据敢说这样的傻话?"

她撩了一下头发,说:"这难道不是理所当然的吗?"

仿佛一切真的都像她讲得那样理所当然,人尽皆知。

"因为我能看见小说之神。"

听不懂。

想必我当时定是一副憨相,呆呆地张着嘴,瞅着她自鸣得意的样子。

接着,小余绫就像厌倦了一张无趣的图画似的把脸转过去,看向了九里。她一只手指着我说:"九里君,我没法跟这种不喜欢小说的人在一起。你特意叫我过来,对不起了。"

我看见九里闭上了眼睛,轻轻叹了一口气。

漂亮的转学生转身离开了文艺部的活动室,黑色的长发飘飘,散发出甜甜的香气。

我在她留下的香气中心烦意乱。心中被热情烧焦的灰烬重新复燃,加之自身的热量,统统都爆发了出来:"小说是不可能励志的。"

望着小余绫走出大门,我只能低吼道。

*

"重写吗?"

"对,"河野点点头,又歪过脑袋,"你今天怎么了?有点心不在焉啊。打工很忙?"

"没有,跟平时一样。不好意思,又写得这么烂。"

"不是这个意思,"河野犹豫了片刻,微微一笑,"只是我觉得老这么下去对你没什么好处。"

"我知道。无聊的书卖不出去,卖不出去就不会有读者。不管写了些什么,没人读的东西就没有价值。"

"千谷君……"

我把手伸向摊在桌上的故事情节。我怎么都写不好小说的草案。弄出来的全是些丑陋的字句排列,根本成不了一个故事。无论我怎么哭怎么喊,都想不出来。我在拼命挖一口干涸的枯井,指甲被艰涩的岩洞一次次地抠断。想不出来,也写不出来。伴随着指尖的疼痛,我知道自己已经枯竭了。

"我还是不再写作了。"

这话像一句咒语。

一旦说出来,燥热的情绪就会灼我的肺,烧我的喉咙。这股热气从我体内流出,煮沸了积攒在眼帘背后的水分。这算怎么回事?明明已经放弃了,不想干了,不再觉得有意义了啊。然而……

"千谷君,我想给你提个建议,"河野目光急切,"其实今天就是为这事叫你来的,我感觉你走进了一个怪圈,不知道自己该相信些什么,也写不出故事。可我还是很看好你的文笔,你文章写得很美。"

这是什么意思?我不解地皱了皱眉头。

兴许河野是想说我编的故事很无聊,可文笔还行。她说得没错。一无是处的我也就仅有这点自尊了。可如今单凭文笔是不会有销路的,至少写小说肯定不行。

"你迷失了方向,你能把文章写得很美却一直想要去编故事。我是这么觉得的。"

我模棱两可地点了点头,也不知道该说什么。"同样,"河野继续往下说,"如果有一个人很会编故事,却需要会讲故事的文句,那会怎么样?"

我不明白她的意思。

"我想让这两个人互为补充共同创作一部小说。我觉得这种合作所产生的化学反应一定会吸引更多的读者。"

"什么意思?"我还是不明白,只好歪了歪脑袋。

河野下面的话简直异想天开了:"千谷君,你要不要跟别的作家结个对,两个人写一部小说?"

我愣住了,好不容易才憋出一句话:"这,是说让两人一组写小说吗?对方想情节,然后由我来写？"

"真有悟性，太好了，"河野终于笑了，"她每部作品的情节都安排得很巧妙，就连你这样很少夸赞其他作家的，之前读了她的作品也说有意思。她应该很适合你的文风。"

"她？女的吗？"

"由两个人共同创作一部小说或者剧本，也不是什么新鲜事。况且还能帮你打破僵局，我觉得值得一试，你说呢？"

"这个……"

两个人组队写小说……我没想到事态会发展得让我这么困惑。

不过，倘若构思确实棒的话……

如果我能在这个基础上写出来的话……

极其不单纯的动机在我胸口隐隐作痛。

这应该不是河野所期待的吧。

如果是一个真正的作家，那他起码会尊重自己的工作，不该产生这种念头。可我还是被诱惑了。无论如何不需要我千辛万苦去摸索了，不必苦思冥想，什么都不需要。不用流泪，不用胃痛，也不用面对绞尽脑汁结果还是一堆废纸的境况，就能轻而易举地收获一个好故事。倘若如此，兴许我也能弄出卖座的作品。

我知道这不能从根本上解决我的问题。我明白。

可至少好过生产大量废纸吧。

我写小说不过就是游戏,赚点零用钱罢了。没必要端着架子。

有销路才是王道,我要赢。

"可以试试。"

"太好了,"河野终于放心了,露出轻松的微笑,"事实上,我今天已经约你的搭档过来了,正担心你不同意呢。"

我撇了撇嘴,原来她早已决定了啊。

"到底是谁呢?那位作家。"

河野扑哧一笑:"你见了就知道了。我觉得那孩子跟你太合适了,这会儿她应该到了。"

孩子?河野说出这个词叫我有些别扭,这时咖啡馆的门铃一响,门开了。

"来了。"河野站起来,朝大门看了一眼,扬起了手。

咖啡馆狭窄的入口在我身后,我循着河野的目光,回头看。

天啊,我感觉自己在做噩梦,随后只觉得这是个恶作剧。

小余绫诗止。

小余绫一身明媚的春光,她抚着柔顺的头发,走了进来。黑色的长发、细长的眼睛,苗条挺拔的身材,她神态自若地向我们张望,她正穿着校服,是那位转学生。

"这位就是不动诗止。诗止,这位是千谷一夜。"

看来并不只有我一脸困惑。小余绫认出了我,细长的眼里惊愕不已。她蹙起柳叶眉,轻启朱唇,与我同时开了口:

"等一下,他就是千谷一夜?"

"不动诗止?啊,就是你?"

"原来你们俩认识啊,"河野微微一笑,"我看你们俩在一个学校,就猜想可能会认识。"

不动诗止。

我反复默念着这个名字。难怪我觉得她面熟。我拼命回想自己在哪里见过她,的确有点印象。虽然她当时跟现在完全不同,不过确实是不动诗止,没错。

河野没发现我们正互相瞪着对方,语调轻快地说:"既然是熟人,就好办了。从今天起你们两个合作写小说,好好配合吧。"

第二章　老虎发抖了

"你应该试一下。"

透过文艺部窄窄的窗户，我看到外面春意盎然的晴空。虽是课间，合唱部悦耳的歌声仍四处回荡，将校园包裹得一团和气。与此相反，心情灰暗的我此刻正垂头丧气地跟九里商量："不可能，我跟她根本搭不到一起。"

九里正在读一本文库本，他瞥了我一眼："是吗？千谷一夜和不动诗止的书我都看过，感觉合在一起不会差的。"

"风格上是没问题，可是合作双方完全没可能啊。"

"这么说，你拒绝了？"

"哦，没有，先看看吧。"

河野希望我们商量商量，试一下也好。她拜托过我，不过我觉得希望渺茫。小余绫明显对我有敌意。今早我跟她在班上打了个照面，但她的眼神锋利无比，全然不像对其他同学，之后便不再搭理我。此外昨天分开时她还十分轻蔑地警告我："在学校不许跟我说话。"

"九里，你早知道小余绫是不动诗止？"

"不十分确定。不过我见过刚出道时的不动

诗止，而且她的名字很有特点，感觉应该是同一个人。"

原来如此，难怪他要我动员小余绫参加文艺部。

那次小余绫过来，就差一点被九里说动。不过我还是很意外，一个成功的职业作家怎么会对高中的文艺社团有兴趣？

不动诗止是跟我同一批出道的新人。她当时得的是另一个娱乐性质较强的文学奖，因为长得漂亮一时被冠上美少女作家的头衔，不像我只是个蒙面的。年轻和美貌让她成为众人关注的焦点，上过几次电视，不少文艺刊物都登载了有她照片的采访报道。

当然也有很多人批评她不过是沾了年龄和美貌的光，总之许多评论都说她靠脸吃饭。说实话，我当时也有这种想法。毕竟她跟我同年，又同时出道，而她的书的销量竟是我的几十倍。不过我记不清是什么时候了，有一回我偶然在电视上看到她的访谈，就突然起了读她作品的念头。

读完后我发现自己从前小看她了。她写的故事结构十分巧妙，我印象很深。这些缜密的构思既充满推理小说的惊险，又不断地给读者带来惊喜，妙趣横生。而且小说的主题和文字都饱含女性特有的温情，作者对小说创作的热爱跃然纸上。

说实话，我不如她。

书写得好,自然就卖座。

"不过我倒没想到,你会没注意。"

"我脸盲。"

不动诗止小说写得不错,这点我必须承认。但我对被彻底击败的事实干脆来个眼不见为净。我故意不去看杂志样刊上她的名字,也假装没看见书店里有她的新书。可妹妹偏偏是她的粉丝,而且同一本杂志上也常常同时刊登我和她的短篇,所以有时也无法完全避开。不过,那天我没把她们两个联系起来,纯粹是因为我印象里的少女作家纯洁无瑕,跟转学来的小余绫身上的成熟气质截然不同。

"我只见过她三年前的样子,跟现在完全不一样。"

"是吗?"

"教室里那么多人围着,她有些难为情。一本正经,还很冷淡。我看过她刚出道时的照片,比现在阳光,很单纯的。"

"怎么能光凭一张照片来判断一个人,照片可能是摆摆样子的,而且女生本来就比我们男生复杂、怪异。"

"上次过来,她也是,完全换了个人。在班里那种沉稳的样子都哪里去了?跟个鬼似的胡言乱语。这算什么?欺骗?要是她当时的样子,叫我们班那些忠实粉丝看见了,不管男女,梦想都会破灭的。"

我要求赔偿我对美女转学生的神秘幻想，这就像被封面蒙骗了一样，内容跟封面不符，一颗星，差评。

"话说回来。我觉得这次你值得去尝试一下。"九里合起文库本，把它放在不锈钢桌子上，藏在镜片后的眼睛紧盯着我，我眨了眨眼。

"说什么傻话。我刚才不是说了？我跟她……总之就是合不到一起，而且她也很讨厌我，不行，不行。"

"可这对小说家千谷一夜来说是个好机会啊。"

我盯着这位自以为是的朋友，看了好一会儿。

"你不是也有这个预感，所以才没有一口回绝？"

"不，我是……不想……再写小说了，"我就像从肚肠里一点一点往外掏脏东西一样，慢吞吞地说，"可是，又觉得如果能卖座，倒也不坏。"

"卖座啊……"九里仿佛怀疑世上还有这种东西似的扬了扬眉毛。

九里毕竟不是小说家，所以他才有这样的疑问。但事实就是这样。有的作品很多人读，很多人喜欢，叫大家开心。我绝对写不出来，也编不出，可倘若有人帮我一把的话……

这时，我上衣口袋里的手机震动起来，来了条短信。

＊

我被叫去一家店铺,从学校坐电车需要十五分钟。外墙是明晃晃的大玻璃,远看还以为是家咖啡馆,走近了才知道是个糕点铺。橱窗里摆满了各式各样可爱的蛋糕。今天是工作日,店内仍坐满了女顾客。

"搞什么,这里……"我重新确认了一下短信,是这里,没错。

我在门口踌躇了片刻,还是决定进去。一位满脸笑容的女服务生过来接待了我,我心神不宁地望了一眼满是女客的店堂,企图从中找到我要找的人,但我没看见。

约好的时间早就到了。

莫不是上当了?

我正想着……

"喂,那位没销路的作家。"

竟有人这么叫我。而我居然立刻就反应过来是在叫自己,真够丧的,我朝身旁的座位看了看。

一个女孩正抬头望着我。

她穿着春天般清爽的淡色小花连衣裙,外罩一件白色长开衫,头戴同样白色的报童帽,长长的头发编成辫子塞在帽子里,露出脖颈到肩膀这一段柔美的曲线,显得千娇百媚。她那细长的眼睛藏在宽边的黑框眼镜后面,两颗玻璃球似的黑色眸子正瞅着我。桌下她的两条腿交叠着,露在短短的裙摆外边。我的心怦怦直跳,几乎要从喉咙里蹦出来了。她用白皙纤细的手指捏着茶杯,优雅地将红茶送到嘴边。

我花了几秒钟时间来回打量,才相信这位可爱的女孩真的是小余绫本人。

"喂,你能不能不要那么猥琐地盯着我看啊?吓得我杯子都要掉了。"

她鄙夷地瞥了我一眼,假装打了个寒战,之后就移开了视线。

"没有,我才没看,只是没认出来罢了。不过,你干吗弄成这样?乔装打扮。"

"当然啦,就算不愿意,也得跟你这种人见面。倘若撞上同学,被误会可就完了呀!"

"是你叫我出来的,地方也不选好一点。"

小余绫似乎很不理解我为什么这么说,皱起了镜框上边的两道柳叶眉。

"你这叫什么话?不来吃点可口的蛋糕,我哪有心思跟你这种人见面。吃蛋糕是正事,找你出来只是顺便而已。"

这人怎么回事?干吗这么横?难道就因为她的书销路好?

"算了,先坐吧。我本不想跟你同桌的,可现在店里人太多，没办法。"她说着，把手肘支在桌上，托着腮，深深地叹了口气。

我发现她懒洋洋的样子还蛮可爱的。

为了打消这个念头，我暗暗甩了一下头，坐到了小余绫对面的位子上。这时服务生走过来，递上菜单。我打开一看，吓了一跳："啊，什么？这么贵？"

"哦？是吗？"小余绫稍稍探过身，看了看价格，一股好闻的香味飘了过来，我往后缩了缩。

"哦，对啊，你这作家不太卖座。算了，我请客吧。"

"存心恶心人啊？我可是把钱看得比面子重的人。那就你请吧，一会儿把小票给我。"

小余绫放下托着腮的手："你……"

"那我就要这个，极品咖啡，最贵的。"

"不要蛋糕？"

"我不吃甜食。菜单上写的我也不懂。"我扫了眼愣在一旁的小余绫，叫服务生来点单。

小余绫已经把一个大大的草莓蛋糕吃了三分之一。我浑身不自在，就换了个坐姿。现在全校瞩目的转学生就在我面前大口地吃着蛋糕。她打扮得这么漂亮，态度又这么傲慢，同学们根本就没见识过，想到这些我更不自在了。我们俩在蛋糕店面对面坐着，岂不像在约会？

"你这副愁眉苦脸的表情好像要去做鬼脸比赛拿冠军的艺人。怎么了？"小余绫嫌恶地看着我。

"我还是第一次在生活中发现有人会用'愁眉苦脸'这个词。"

"我也是第一次碰到真会愁眉苦脸的人。"

"……"

小余绫很漂亮，但不可否认她的性格很古怪。

漂亮，高中生，还是畅销作家？

"人设太假了。"如果小说中出现这类人物，我一定这么说，难不成是轻小说？

"什么？"

"没什么，你要商量什么？"

"这不明摆着吗？我跟你讲讲小说的情节，你把握一下，就这事。"

"你已经把情节想好了？"

"嗯，你以为我是谁？请别把我跟那种光情节就叫河野小姐等上半年的蹩脚作家混为一谈。"她也太不客气了，可事实如此，我无法反驳。加上不动诗止最快的时候，曾经每三个月就出一本书。她当然有资格批评我。不过，我可不喜欢河野随随便便就把我的进度告诉其他作家。

"不过，真没想到你会同意，我是说这个企划。"

"开什么玩笑，"小余绫哼了一声，"河野小姐从我出道起就一直关照我，她对我有恩。要不是她找到我,谁会跟你这种磨磨蹭蹭的无名小卒合作?"

"喂……"我一边思考着如何反击,一边等服务生把咖啡送来。

结果,我还没说话,眼泪却差点流了出来。

"那……那是怎么个故事呢?一定好卖的喽?"

小余绫听我这么问,立刻停住手,不把茶杯往嘴边送了,她吃惊地看着我,然后静静地把茶杯搁在桌上,要跟我保持距离似的将椅子向后挪了几十厘米。

"喂,你干吗后退?又不是上化学课要一起做实验。"

"哦哟,不好意思。我怕跟你坐太近,呼吸同样的空气,就会被拜金主义创作态度弄得想吐。"

"我又没说错。小说不就是一种商品嘛。谁写得出畅销小说谁就是赢家。总之,我们必须弄出卖座的作品,没人看的小说根本不值钱。"

"哦,原来如此。作品卖不出去,就会想这种谬论啊。无能还真是可悲,幸好我写什么都有人买,所以从来就没想过这些。"

"不动诗止,你是想找我吵架吗?"

"就你那种歪理,不用吵都是我赢。你那本书,名字灰头土脑的,叫啥来着?哦,《像灰尘走过春天》,卖了多少?肯定超过一万了吧?三万册吗?"

"喂,你……"我气坏了,却找不出一句话来反驳。

她说得没错，不动诗止一直都是写畅销书的胜利者，而我只是个失败者，净写些没人买的小说。事实上她提到的那本书，只印了三千册。和不动诗止腰封上印着销量超过十万的书根本没法比，我彻底输了。

"好了，别说了。赶紧把笔和本子拿出来。既然我已经跟你这种无名小卒绑在一起，你就老老实实、感激涕零地按我说的去组织文字好了。"

什么人啊？干吗这么蛮横！

我必须申明一下了。

"那个，你别搞错了，"我一副傲娇男主的腔调，唾沫四溅地叫道，"我可不是自愿要跟你合作的。"

"我也再强调一遍。要不是河野小姐找到我，我也不会干。好卖就是王道？小说没一点用？我真没想到千谷一夜这么轻贱小说，难怪书卖不出去。你这些鬼想法肯定都写到书里去了吧？"

什么？这人怎么回事？太刻薄了吧？我要不要哭一会儿？

"太恶心了，你能不能别这么看我？眼神像个受了惊吓的短腿狗，跟你不搭的。哦，脚倒是一样短。"

闭嘴吧，小学时老师没教过你不许侮辱人吗？

"好,好,知道了,你要我做什么?"

"先把笔和本子拿出来。"小余绫不耐烦地敲了敲桌子。

"不好意思,我已经全部数码化了,用这个行吗?"我取出了写小说最需要的,特别适合在星巴克用的苹果电脑。

"好,准备好了。"

"那我先来讲讲我对情节的构想,你把它们归纳起来,再详细写成文字。哦,对,写这个是为了让河野小姐了解一下故事情节。"

"原来如此,你是要我听着,然后把情节做成企划书给河野,对吧?这算什么?我又不是你的秘书。"

乱七八糟,这不就是要我记录她口述吗?

"你不是负责写吗?那写情节构想就是你分内的啊。"

"我不懂你的意思,不过你也太不讲道理了。本来构思情节时,你就得先记在本子上啊,把你记的给我看看。"

小余绫的表情很奇怪,她不停地眨着眼睛。

"你不会告诉我,你从来没有把情节写在本子上过,而是存在脑子里就这么一路顺利地走下来的吧?"

"本来就是啊。"小余绫大惊小怪地蹙着眉头。

我哀叹着抱住了自己的脑袋:"真的一行都没有

写？不管手写还是电子版的？"

"有一点点，记了些想到的句子。"小余绫很平静地说，她用中指抹了一下刘海，打开书包，取出一本小手账，翻开，递给我。

只见纸上字迹端正地写着："双层。开和关。透明。需要考虑一下进出的次序。"

完全看不懂。

"你这是什么呀？"

"我想到了一个推理小说的悬念，怕忘就记下来了。"

"不是故事情节啊。"

"嗯，故事情节都在我脑子里，没事的。"

"是吗？"

我认为小说家应该先列出故事情节，准备就绪后再动笔。故事情节就是小说的雏形。把大致内容从头至尾写一遍，然后言简意赅地汇总成一张设计图。通过事先编排，抓住故事结构，以防动笔时出现破绽。

不过，偶尔也会有这种人——

完全不做准备工作就直接动手写，他们要么是业余的笨写手，要么就是天才。

就之前不动诗止写的那些小说来看，她必定属于后者。

"那你之前怎么给编辑看故事情节的？"

"口头说啊,足够了。"

"啊,是吗?"

"那你现在准备好没有?"

"啊?你这就要我记录了啊?"

"也不用一字一句都记下来。你先听我说,然后按你的理解简单地写一写就好。当然,你可以随时提出疑问。如果让你产生歧义,那就是我的表述有问题,过后我再修改,你不用担心。"

"那就更应该由你自己来写了。"

"你写才能把握住整个故事啊,不许说你不懂这个道理。"

"这你不说我也知道。"自己不写就少废话吧,我心里想。嘴上却说:"那你说吧。"

"那我就先讲一下主人公。女的名字叫……"

小余绫开始了讲述。

*

所谓听得出神,大概就是这样了——

小余绫的嗓音很美,讲故事时轻声细语,表情既生动又温馨,完全没有对待我时的冷漠和傲慢,就连平时在同学面前表现的成熟与豁达也荡然无存。她只一味开心、愉快、感情丰沛地讲啊讲。

我感觉怪怪的,突然就想起了自己上小学的一件事,当时我大概才一二年级吧,每个周日,家附近的图书馆都会有一个小姐姐来给我们念故事书。我至今还记得她温柔的笑脸，清亮的嗓音，还有声情并茂的表情。幼时的我总是盼着她来给我们讲故事。

我神思恍惚地看着小余绫，感觉她真心喜欢故事。

"后来啊……喂，你有没有在听啊？"小余绫不信任地歪着头问我。

"啊，嗯。"我含糊地点了点头。

"那就好，你不记下来？"

"我的记性还没那么差，集中精力打字上反而有可能漏掉点什么。不过……"

"不过什么？"

"没什么，算了，"我连忙摆了摆手，"没事，继续讲。"

"老实说，情节上我也就弄了这么多，总之我先把初步的想法都讲完。"

小余绫刚讲完，我便赶紧去敲打键盘，把它们记下来。

这个故事大概得归为描写高中生活的青春小说。整个故事由各自独立的短篇组成，是一个连续的故事。风格上依旧是不动诗止惯常的娱乐加推理。

女主人公按照悬疑小说的说法，算是一个高明的侦探，不过略有变化。这位女孩天生具备通过他人言行上的细节来洞察虚实的能力,却不善交际,是一个很普通而又十分孤独的青春期少女。她从小就常常不自觉地伤害别人。她可以判断出别人是否在撒谎,却不善把握别人微妙的心理活动。她想交朋友,却不知道怎么去交。因此她是一个缺乏自信、内向、小心翼翼活着的少女。

她的才能让她轻易就能揭穿别人拼命想隐瞒的谎言。她本是出于好意,别人却认为她轻率鲁莽。她不谙世事,不知道自己揭开秘密本身就已经伤害到了对方。

"为什么?这些都是真的啊。"她歪着脑袋反复思考。为什么自己揭穿了谎言,将事实大白于天下,而班里的同学却都躲着自己?为什么大家要用厌恶的眼神看着自己?自己明明是出于好心。

然而这位女孩终于还是等来了命运的邂逅。

我把故事梗概大致整理了一下,导入式地叙述出来就是这个内容。

小说将分为五个部分。小余绫把第一话和第二话的细节部分也讲了。还有主人公碰到的谜团,以及揭秘时的理论根据。至于第三话以后,她只大致做了指向性的说明。而对于结局部分的第五话,要怎样收尾,她俨然已经化身书中的主人公,叙述得非常生动。

我手忙脚乱地敲着键盘,记下小余绫讲述的那些情绪和画面，生怕漏掉。我拼命地捕捉那些重要的语句以及印象深刻的台词，细心地将它们串联在一起，尽量保持原汁原味。好不容易告一段落，我这才靠在椅背上，长长地舒了一口气。

同时心中不禁一颤。

我精神亢奋，指尖隐隐作痛，真想赶紧回去码字。故事太有趣了，主题也很有魅力。出场人物的思想都依附在我身上，一一复活，无数的语句掠过我的脑际。然而此时，我的胃突然一凉，难受极了。

小余绫中途又点了一份蛋糕，正津津有味地吃着。她那副天真的样子，又叫我烦躁起来。

这么好的故事，我绝想不出来。

我仿佛听到读者们在啧啧称赞。

"怎么了？"

"没什么，"我盯着键盘，"你可真能吃。"

"不好意思啊。"

"没什么不好意思的。我很愿意看到收银条上的数字越来越大。"我吐出一口气，把心中的烦闷都吐了出去。

"那你觉得怎么样？"

"大致内容我已经掌握了，只是……"我反复思忖着她讲的故事。

她的故事虽包含推理的主题，却不着眼于逻辑分析，而是借此来描写人性之爱，描写温情，这很符合不动诗止小说的风格。对喜欢青春小说的读者来说一定会对突然出现的娱乐效果感到惊喜，同时，喜欢悬疑的读者也能从中得到相应的满足。在小余绫毫无保留地说出的伏笔中有一个纯粹是娱乐读者的，不过……

算了，现在下判断还早了点。

我放弃了刚才的想法，另提了一个问题："没什么。我就是想知道，这故事你为什么不自己写？"

"这个故事是河野小姐来拜托我，要我为与其他作家合作写书的企划案而专门想出来的，早知道对方是你我就不接了，如果我要是自己来写，那企划案不就泡汤了？"

"这样啊。"

"当然啦，这故事可不是专门为你准备的，我只是对合作写书比较有兴趣而已。"

"我知道。我也不是因为喜欢才跟你组队的。我只是想弄出一本卖座的书。"

"你真够差劲的，"小余绫叹了口气，把双手的手指握成弓形，搁在下巴下面，望着我说，"那，怎么样？能写吗？我是说，除了要交给河野小姐的概要之外，你再写个开头给我吧。"

"开头吗？"被她这么一问，我看了一眼记在电脑上的片段，"我试试看吧。"可我心里还没有把握。

能写吗？就凭我。

这么好的一个故事，就凭我的水平能写好吗？

答案显而易见。

一颗星，文笔幼稚，没能力。

好无聊啊。

我太不够格了。

*

打完工回到家，我听见洗衣机开着。我刚把钥匙插进锁眼就注意到了。一般我们家晚上十点后才开洗衣机洗衣服。"我回来了"，我说。我累坏了，声音几乎没发出来。不过妈妈还是听到了，她从客厅探出头，笑脸相迎："晚饭吃了？"

我一边脱鞋一边点头。妈妈抱歉地说："对不起哦，我老不回来。"

"没什么，反正我也有工作，赶不回来吃晚饭。"

"是小说的事吗？"

"打工。"我听出妈妈有所期待，便急忙打断了她。

"哦，这样啊。那个，洗澡水烧好了，要洗吗？"

"过会儿吧。"说着我到卫生间洗了个手，妈妈还留在客厅，好像有什么事，她问我："你昨天去看妹妹了？"

"啊，她在做检查，我没见上。而且我还要打工，所以明天再去一次。"

"哦,那就拜托你了,其实妈妈要能去就最好了。"

"我要回房做点事,你先洗吧。"

"写小说?真不愧是我们家的顶梁柱。"

我逃开兴高采烈的妈妈出了客厅,瞥了一眼屋角佛龛上摆着的照片,推开自己的房门,我长叹一口气,在桌前坐下。

离小余绫给我的期限已经没几天了。她说的故事情节我已经归纳好,交给她和河野了,河野发邮件同意我继续往下写,态度跟以前迥然不同。

接下来我得把小说的开头写出来,在周末之前交给小余绫。有必要这么急吗?我问过小余绫,可是她回答得名副其实是个高中生:"再不快点,就要期中考试了呀。"她说得没错,我的学业也很重要。我不能因为写小说而荒废了学业。要想取得好成绩,考上好大学,将来找个好工作,就必须好好学习。

只是我现在得先写小说。

我打开电脑,盯着屏幕,屏幕上只一片空白的文档。整整一面的空白。

我把手搁在键盘上,凝视着这片空白,却没有行动。

我心烦意乱,没来由地站了起来,过了好久才发现自己正在屋里不停地打转。其实开场白我已经想好了，只要打出来就行。而我却在屋子里踱来踱去，手里翻着无关紧要的漫画。我没有看内容就把它又放回了书架，重重地喘息着，好一会儿才坐回椅子上，重新看向白色的屏幕。面对这一片空白，我每吸一口气都像要窒息了似的。

我到底在逃避些什么？我就像个跛子，痛苦地拖着受伤的脚踝在荒原上徘徊。尽管我知道自己要去向何处，但是身体和心灵都在全力抗拒，不想往前走。冷汗从我头上冒了出来，心脏剧烈地跳动，连胃也翻江倒海。我费了半天劲终究还是敲起了键盘，眼前的一切叫我绝望。

写得太烂了。

越写，越往下编，越让人窒息。

想象中美丽的画面，被我糟蹋得惨不忍睹。好烂的句子，好难看的出场人物，毫无技巧的开头，了无生趣的比喻，以及一行一行与小说无关的拙劣字符。是我亲手毁了这个故事，毁了不动诗止的小说。

我写了三行，全删了。

写了十行，又全删了。

荒原上到处都是玻璃碎片，它们全是我自己砸碎的梦。我赤脚踩在碎片上继续往前走，流血了，流脓了，我强忍着剧痛，可我有什么理由非得走下去呢？

眼泪模糊了我的视线。几乎空白的屏幕上还留着几个忘了删掉的字符,我望着它们啜泣起来。

"我写不出来。"

我是个满足不了读者需求的作家。

还是一个无趣的、空洞的、一无所有的人。

根本不配写什么小说。

*

"你这到底写的是什么?"

暖融融、懒洋洋的午休时间。

我看了一眼被突然拍到会议桌上的稿纸。从她嘭地推开活动室大门的那一刻起,我就十分愕然。她大步向我走来,把稿纸甩下,发出拍画片一样的巨响,而我只能张着嘴,困惑地僵在那里。虽然我只在小学的生活课上玩过一次拍画片,可如果真的要玩拍画片,那她连手掌一起拍到桌上就已经犯规了。

"你能不能收起你那副逃避现实的面孔?"

小余绫怒气冲冲地瞪着我,我赶紧把视线转向九里,向他求助。正沉迷于文库本的他,啪地合上了书:"我不想假装什么都不了解,我知道你们在合作。虽然你还没加入文艺部,可要有急事需要跟千谷君在这里谈,我也不干涉。我不想打扰二位办正事,先走一步了。"

"别走，九里。"

"九里君，谢谢。"

小余绫一改对我的那副凶相，脸上浮出一个微笑，九里朝她点了点头，没搭理我就走出了活动室。

随着关门声响，小余绫再次气呼呼地俯视着我："你这到底是写了些什么？"

稿纸一下一下拍在会议桌上。

"什么什么？不是按你的要求，写的开头吗？"

"这算什么开头？你到底是不是作家啊？"

"你有什么不满意的？"

"内容太空了。简直就是舞台提示。这可是很重要的一场，一边要不露声色地告诉读者主人公很孤独，一边又要写出主人公对自己没觉察出寂寞感到很困惑。可你呢？什么叫'我觉得好痛苦'？你当人家都是傻子吗？"

小余绫双手叉腰，一副盛气凌人的样子。我深深地叹了一口气："你好像根本不懂什么是小说啊。"

她不解地皱了皱眉，好像眼前站着一只开口说话的狐狸。

"你知道吗？读者想读的可不是絮絮叨叨的复杂描写，他们喜欢简单的、空洞的文体。看看市面上那些卖座的小说，你就懂了。所以我们当然首先要考虑让读者读得懂啊。"

"请你全心全意地，"小余绫严肃地说着把手握成了拳头,她又锤子似的一拳砸在了桌子上,把恐怖的面孔凑近我,"请你全心全意地向所有小说爱好者道歉。"

我感觉到了她的呼吸、唾沫和发香。

"包括所有小说的创作者。"我被她的大嗓门吵得皱起了眉头。

"如果你这么喜欢优美的文章,干吗不去写纯文学?小说更注重娱乐性。有趣的,好笑的,催泪的,抛开复杂的元素,故事才有人看。光这一点,现在这种情节就有问题。不但主题不明确,而且有关学校生活的阴暗面也写得太多了。如果要写成青春小说,就得轻快明朗一些。喜欢青春小说的大多是一些中老年人,他们希望自己能安于现状却不成功,于是想通过虚构的小说找到一去不复返的青春。拿孤独啊、霸凌之类青春期烦恼做主题,谁会买?"

小余绫被我气得浑身发抖,高耸的肩膀和砸在桌上的拳头不停地颤抖,她红着脸,抿着嘴,两眼冒火地瞪着我。"你认输了,还是傻了?"她喃喃自语道。

"这……"她的手指轻轻抚过打印的稿纸,"这可不是千谷一夜的风格,完全变了一个人。"我心中有个角落被什么东西撞了一下,不等那股火喷出来,就迅速反驳道:"我向卖座的人学习,错了吗?"

"总之,请你重写。"

"你不喜欢就自己写好了。"我刚说完，她就屏住了呼吸，大气不出地看着我，因为气愤而发抖的拳头、紧咬着的双唇瞬间软了下来，脸上一副不明所以的呆滞表情，突然她的秋波一转，漆黑的眸子渐渐露出亮光。

"算了，我不管了。"说完她拔腿快步地离开了活动室。

看到她刚才那副表情，我隐隐有些担心。差点以为自己把她惹哭了。她的样子跟我妹妹吵架时一模一样。

"这下好了？"我吓了一跳，只见九里正站在开着的门外，他用中指顶了顶眼镜，走了进来。

"干吗？你不是说你不参与吗？一直在外面偷听？"

"小余绫太大声了，"九里走过来，瞥了一眼放在桌上的稿纸，"我可不认为你刚才说的都是真心话，不过小余绫对你还不了解，她可能当真了。"

"胡说。当然是真心的，要卖座就一定得这么干。"

"是吗？那太肤浅了，不像作家嘴里说出来的。"

刚才被小余绫言语撞击的心灵一角，又开始冒火了。我觉得一本正经的九里看穿了我的心事，便伸手去拿放在桌上的稿纸。我把它们紧紧攥在手里。上面的文字、文章都被我捏烂了，又被我团成团扭了两下。

没办法。我这不是没办法嘛。

我想写，可是写不出来啊。

我激动地听完了小余绫的讲述，却怎么也写不出来。越写越不满意，净是些垃圾。我自己都不想看，这种文章肯定卖不出去。我会毁了小余绫的作品的，把它变成没人要的东西。

好吧。就让她放弃我吧。

可我现在是怎么了？是什么叫我嘴唇发抖、手指僵硬、两颊发烧、双眼发热的？

我怎么写不出来啊？为什么这么痛苦？

我好羡慕小余绫，羡慕不动诗止。我太嫉妒她了，嫉妒她能创作出精彩的小说，写出优美的文章。

我已经忘了该怎么去写一部小说。

写作是一场呕心沥血的修行。

这可不是千谷一夜的风格！

我完全变了一个人，我曾经那么热衷于写小说，那时的千谷一夜到哪里去了？

他根本就已经死了。

*

"你看，这总可以了吧？"我把印着书店名字的塑料袋递过去，雏子脸上明显有了活力，她接过东西，半坐起身子把塑料袋放在肚子上，朝袋子里瞅了瞅，满意地点了点头。

"啊，对，就是这本，我一直盼着它的文库本呢。"妹妹手里拿的是不动诗止出道后第二本书的文库本。这本书前两天才出,我替住院的妹妹去买的。卖座的作家就是不一样,出道才三年,第二部作品已经有文库本了。而我这种没销路的作家,就算出了文库本,也卖不出去,只能在出版社仓库里等着积灰。所以说销路不好的作家很难出文库本,这就是实力的差别。

"啊,真好,哥,你看这装帧,真棒。"雏子的眼睛炯炯有神,丝毫不像在生病,她仔细地端详着不动诗止的小说。"封面不但保留了精装时的风格,而且更考究了。大家一定忍不住要去买的。"她苍白的面孔异常兴奋。

我看着她,自然再次认清了所谓的命运,放心的同时又感到痛苦正在我体内流淌。

不晓得什么原因,妹妹成了不动诗止的铁杆粉丝。可因为有个选择了卖文为生的爸爸,家里的境况并不富裕,要想把不动诗止出版的三十二开精装书全部收齐确非易事,妹妹大多是去图书馆借着看。因此她对这次能买到文库本异常感慨。

"我看到哥哥这样,就再也不想蹭书看了,还说自己是粉丝,以后我就是把零花钱都花了,也要收齐她的文库本。"

夕阳从窗外射进来,照得妹妹齐肩的黑发闪闪发亮。她身子那么柔弱,却半坐在床上,手舞足蹈的，活泼得根本不像个病人。

所以偶尔感觉她在日渐消瘦，那一定是我的幻觉。

"所以，你一定要早点康复。"我一不小心说漏了嘴，话题现实得叫我郁闷。

妹妹突然安静下来，稍显为难地冲我笑了笑："是呢。"我的心揪了起来，赶紧换了个话题："哦，对了，另外一本，你从哪里知道的？"

妹妹要我买的书里还有一本文库本。"哦，这个，"她听我问，便点头从袋子里又取出一本，"在电脑上看到，就想看一下。"

她用手摸了摸书皮，想确定一下上光封面的鲜艳质感。她翻了翻，看了一眼封面，读了读故事梗概，又嗅起了纸上的墨香。

"很陌生的一个作家，好像也没什么名气，但就想读一下。"

能让人有去找的冲动，这本书一定很开心。

这本书确是无名作家的处女作，我在书店里找了半天。原书没有三十二开的精装版，一上来出的就是文库本。类似这种做法近几年越来越多了。不管怎么说，精装书价格高不好卖。也有很多读者是因为书太占地方，所以不愿购买，于是很多出版社干脆就直接出文库本了。最近各出版社都在文库本上下功夫，搞出了很多名头。

这位名叫水浦西紫的作家，作者简介中只写了一句"言情小说家"，没得过什么奖，大概是关注度不高的新人。这让我产生了一些好感，或许将来她也会超过我吧。

"可是哥，对不起哦，你一定很不愿意去书店吧？"可能我的表情很尴尬，妹妹笑着冲我说。

"乱讲，哪有这事？"

"其实哥哥你最脆弱了，在书店里待十秒就会哭的吧？"

"谁哭了？你乱说什么呢？"

我明明忍了二十秒的。每次书店里的人都很纳闷："这孩子怎么哭了呢？"他们刺探的眼神真叫人受不了。

"好吧，不过，我真想有一天看到哥哥的书在书店里摆得满满的呢。"

"这……"

不可能的。

我办不到。

倘若借助一下不动诗止的力量，也许还会有几分把握吧。之前我有过这样的打算，现在看来想得过于简单。

我不具备和她的小说匹敌的实力。我太浅薄、一无是处、一无所有。

"哥，"突然雏子严肃地指着我说，"那个，蛋糕呢?"

"蛋糕?什么意思?"

"什么什么意思?"妹妹打开放在身边的笔记本电脑,把显示着邮箱的画面送到我面前,"我不是让你来看我的时候带蛋糕吗?你看,就写在邮件里,这儿。"

我看到她指的地方,果然写了,我忘记了。

"那我们一起吃吧。"

"一起吃?啊,要是饮食上没什么限制,是可以的啦。你的意思是,让我买来?"

"吃蛋糕会让人开心。"

"哪来的歪理?"

妹妹握起了双拳,用闪闪发光的眼神回答了我。

虽然我没多少钱能浪费,可给妹妹买东西就另当别论了。

"好,我去买,你等一下。我知道有家店的蛋糕很好吃。"

*

所幸,糕点铺离医院只有两站。我自以为知道妹妹的喜好,可一旦站在琳琅满目的玻璃柜台前,还是犹豫了很久,最后我挑了一个最可爱的。我提起装有蛋糕盒的塑料袋,高兴地转身看向店铺大门。突然我愣住了,一张熟悉的面孔正不怀好意地看着我。

"没看出来，你会选这么可爱的。"毫不留情的嘴里发出的声音却清脆动听。

是小余绫诗止。

她跟上次约我见面时一样，戴着白色的报童帽，只是其他细节略显不同，她今天穿的是一件清爽的蓝色连衣裙。从黑色宽边眼镜后射出的目光，就像发现闯进女厕所的猥琐男一样，无比蔑视。

"你还不是一样？外表文雅，满口粗话。"我苦着脸勉强憋出一句。

糟糕，我没想到会在这儿遇到她，难道说她觉得我经常来这种糕点铺吗？但愿她别误会我。

"哦？我要怎么看你呢？"小余绫微微扬起下巴，看着我。她在女孩子中算高个子，我自然被她这高人一等的气势压住了，前言不搭后语地举起手里的蛋糕盒说："这个，不是你想的那样。"

"不是吗？"小余绫歪过脑袋，散碎的头发从帽檐露了出来。

总之别站在店里说话，我赶紧往外走，没想到小余绫竟追了出来。

"是给我妹妹买的，我才不吃呢，我来跑腿。"

"哦，妹妹吗？不是你凭空想出来的吧？有些男生就喜欢凭空想象，好像他真有女朋友似的？我还以为你跟他们一样。"

"不愧是专写青春期少男少女小说的畅销作家,对男生如此了解。可惜你错了。我才不会凭空幻想。"

小余绫哼了一声,也许是冷笑。

真是的,要是让雏子知道她喜欢的不动诗止如此毒舌,她准会大失所望的。突然,我脑中闪过一个念头:"啊,想请你帮个忙。"

"不可以。"

"回答之前,能不能先听我把话讲完?你以为我会请你帮什么忙?"

小余绫叹了口气,夸张地点了点头:"好吧,你说。"

透过玻璃橱窗可以看见甜品店漂亮的内装,小余绫的背影被反射在店内缤纷的色彩中。她亭亭玉立于店外,就像一张虚幻又真实的图画。

"这是我第一次请你帮忙,也是最后一次。我想请你去见见我妹妹,仅此而已。"

"什么意思?"

"我知道你很讨厌我,所以这是我们最后一次在校外见面。"

小余绫平静的脸上掠过一丝茫然。

我再也不敢正眼去看她,只冲着反射在玻璃橱窗上的背影说:"这次的合作,我放弃了。"

*

妹妹完全没有想到，激动地发出震耳欲聋的欢呼，把同病房的人都吓了一跳，路过的护士也进来查看屋里究竟发生了什么。

小余绫摘掉帽子和眼镜，稍显惶惑地跟雏子打了招呼。妹妹一直不解地望着这位大美女，她怎么会跟一个沉闷的高中男生在一起？继而大叫一声"真，真的是不动诗止啊"，整个人差点从病床上掉下来。

紧接着她就钻进被子躲了起来："哥哥你这个傻瓜、笨蛋、变态，干吗要把人带到这里来啊？一点都不懂女孩子的心，难怪写的小说没人买，大傻瓜。"

她说得没错，我有点伤心。不过，我也太冒失了。在这种连洗澡都不方便的病房里，和自己的偶像见面，确实挺尴尬。

妹妹过了好一会儿才消了气，从被子里探出头来，就像看到了女神一样，目光炯炯地盯着小余绫。她没有说话，把头转向我："怎、怎么回事？哥你认识不动诗止？你的书都没销路的啊……"

"我们一个学校的。"

妹妹张着嘴，突然跪坐在床上，向小余绫行了个礼："嗯，嗯，对不起，我这傻哥哥一定给你添麻烦了。""哦,哥,我要哭了啊。""能、能不能跟你握个手?我很喜欢你,非常非常喜欢。"

遇到妹妹这种烦人的粉丝,就是小余绫也不知如何是好。不过,很快她就忍不住笑了起来,握住雏子伸出的手说:"谢谢。"

此时她既不像在班上那么沉稳,又不像对我那样轻蔑。

"嗯,我出去一下,你别太激动了。"

妹妹根本没听见我说,她只顾着跟小余绫说话,精神亢奋。她拼命地告诉小余绫自己喜欢哪本书、哪个主人公。小余绫听了,一会儿吃惊,一会儿高兴,仿佛换了个人似的,脸上的表情千变万化。她很开心地听着粉丝的告白。

我离开了病房,到走廊上随便走走。妹妹是个自来熟,不用担心留她俩单独在一起。我这种没用的人,在那里只会显得多余。

医院里的空气总有点浑浊,我不太喜欢。也许它会叫我想起一个没什么销路、却一直笔耕不辍的男人去世时的情景,他给家里留下了一屁股债。气味就是一种引发记忆的导火索,会让人情不自禁地想起一些人物和情绪。爸爸喜欢情感丰富的小说,那是小说才有的表达方式。

我走到院子里,看到阳光下有一条长椅,便坐了下来,轻轻叹了一口气。这地方不大,却被草地和绿树包围着，城市中难得有这么好的地方。金色的光线从天空暖暖地照射在我脸上，我感到自己脸上有了笑容。

我已经好久没有见过她这样开心了。

开怀大笑，由衷地高兴。

我上次看到是什么时候？

闭上眼睛，我立刻就想起来了。是我的小说出版的那次，我作家出道的那次，我把为妹妹写的小说递给她的那次。雏子根本不理会自己的病，神采奕奕，笑容满面。当时我是一种什么心情？我抱着怎样的态度去写小说的？

想不起来了，我找不到能指挥我的手、我的心投入小说创作的热情了。

我闭着眼睛，在故事里信马由缰，把人物、风景、心境一一描绘出来，写成小说。将自己的情感都诉诸文字。不行的，我轻轻摇了摇头，胸闷得无法呼吸，脑海里浮现出的文字又丑又烂。一颗星，看不下去。

我一贯如此，肤浅又空洞。这种人能写出什么东西来呢？不过，这样也好，可以没有梦想，不抱希望。所以我打算放弃了，我要把精力都用在学习上，考个好大学，找份好工作。忘了小说吧。这对我、对我们一家都是最好的选择。

没错，小说没有一点用处。

"你的稿子呢?"不知过了多久,一声提问叫我睁开了眼睛。

暗红色的天空下,春风吹舞着黑色的长发,小余绫站在我面前,一双熠熠发光的眼睛正严厉地俯视着我。

"我让你重写,又没叫你放弃。"

"我……算了。我的文笔只能拖你的后腿,弄出来的东西肯定卖不掉。"

小余绫一直站在原地瞪着仰面朝天的我。

"卖得掉卖不掉,这些都无所谓。"畅销书作者才会说这种话。越写越有销路、越有读者的作者才这么说。不用摸索,不用费尽心力思考如何才能再版,也不怕没有约稿的胜利者才会这么说。

"开什么玩笑?我们可是职业作家,靠书吃饭的。你以为谁会拿钱替你出书啊?不在销路上下功夫,你想给出版社找麻烦吗?如果你不想卖钱,那就去网上发表呗。"我对小余绫的话非常不满意。别否定我做的努力。如果还有缺陷,书卖不出去,就更需要锤炼自己。这难道不是理所当然的事吗?

然而她完全不理会我的反驳,用一只手撩了一下头发,说:"那你究竟为什么写小说?"

"我……"

这不是明摆的吗?明摆着的啊。

"我……"

小余绫看了看语塞的我，怔怔地叹了一口气。她双手叉腰，侧着半边脸对我说："你这么在意销量，是因为你妹妹？"

"雏子，她说什么了？"

"她比你这个哥哥好多了。她要我关照你啊。说你这样都是因为她。"

"这是雏子说的？"

"嗯，我现在知道你为什么这么贪财了。"

"不，跟雏子没关系，我……我本来就贪财。"

"真的？"她又叹了口气，把脸转向我，缩起身子，在长椅边坐了下来。我用眼角的余光瞥了她一眼，她没有注意，而是仰望着金色的天空，突然问道："她的病，很严重？"

如果我点头的话，那就是事实了吧。可我也不能否认。我必须接受这个事实。

正在准备的下一次心脏手术危险性很大。

"我写小说是为了赚钱。我跟你不一样，虽然稿费很少，却也比一般高中生打工赚得多。手术需要很多钱，我爸爸又是个没销路的作家。"

"千谷昌也，是吗？我听河野小姐提起过。"

"你知道啊。"

"读过几本。"

"他还在世的话，肯定会被感动哭的。总之他什么都写不好，却还坚持当他的职业作家，直到有一天突然就去世了。他留下的都是未还完的贷款和债务，偶尔一年会有一万日元左右的电子书收入。"

小说家也不能不吃饭。

人不是光有梦想和志向就能活的。即使怀抱着崇高的创作理念，书卖不出去就没钱还债，也治不了妹妹的病。我想卖书有错吗？为什么你们都要否定我为创作畅销书所做的各种摸索和努力？

"所以，我写小说就为了赚钱。"没有更好的，也没有更坏的想法。即使有过其他念头，也都忘了。

"你妹妹说了，她希望有一天能看见书店里堆满你的书，有很多人爱读，很多人被震撼。她说她都等不及了。"

傻瓜。

大傻瓜啊，雏子。

"所以她说她要好好地活到那一天，无论如何都要追完你的小说。"

天空被阳光染成了一片金黄，灼烧着我的双眼。

一股热流在我体内沸腾，震颤着我的每一个细胞，我强压住这久违的情绪，不让它们涌出来。

我注意到小余绫站起来了："你不是说小说不能励志吗？"

我用手背擦着自己的面颊，望着小余绫的侧脸。

她站在橘红色的光线里，用坚定的双眸望着天空，然后伸出雪白的手指，试探地动了动，想要确认些什么似的，抓了一把。她小心翼翼地抱起那些我看不见的东西，摇了摇头："不，小说是有影响力的，它能给人带去希望，我会证明给你看。"

"所以，为了她我们也要创作出好小说，"小余绫说着看向我，淡淡一笑，"你妹妹是我的粉丝，你要让她失望，我可饶不了你。"

"可是，我……"

"反正我已经跟她说了，不动诗止和千谷一夜在一起写小说，敬请期待。她可高兴了。"

"什么？"我猛地从长椅上爬起来，"我都说我放弃了，你不是也说跟我合作很不爽吗？"我说得很快，小余绫耸了耸肩："是啊，无论有什么理由，你都是最差最糟糕的拜金主义作家。"小余绫还没有说完："我读过千谷一夜的小说，因为我相信小说里的一切，跟最差劲的你比起来，我决定还是相信你写的小说。无论你表面再怎么叫嚣，倾注了你全部精神的小说也不会说谎。加上还有雏子在盼着。"小余绫用一只手拨开秀美的头发，背过身去，看向绚烂的晚霞："所以，就算我不情愿，现在也可以把我的小说托付给你了。"

*

深夜，我回到冷冷清清的家里，扭开了灯。这套公寓对我们这样的穷人家来说，确实有点奢侈。

可这是爸爸买的,妈妈不肯卖。也许其中还有什么我所不知道的回忆吧。我瞥了一眼摆在佛龛里爸爸忧郁而不自信的脸庞。真讨厌,他的缺点都遗传到了我身上。一个优点也没有,真是太像太像了。爸爸以前就在我现在的卧室里工作。他佝偻着身子坐在书桌前,全神贯注地写着那些卖不出去的小说。爸爸很爱读书,各种类型的都读。我小学高年级时就是在他的影响下才开始看小说的。我很小的时候就接触到他的工作。每当他写不下去时,为了转换心情,他就一边跟我和妹妹玩,一边讲一些小说中的故事给我们听。我问爸爸,我也能写小说吗?他点了点头。"不过,一也,"他说,"不是谁都能当作家的。也许每个人都会写,可是坚持不懈地写下去、成为作家的,只有那些被选中的人。"

无论多么痛苦,多么悲伤,他们都得往下写。

没有后续的内容,别人就看不到这个故事了。

我回忆着爸爸说过的话,在屋里来回踱步。

我提不起精神,胸闷,喘不上气,想吐。

十分钟过去了,半小时过去了,我走到桌边,调出空白的文档,把手放在键盘上,紧张极了。

然而,谁都可以等着自己找到状态。找不到状态却依然要往下写的,就只有作家才做得到了。

第三章　对小说的正确评价

我花了一个礼拜就把第一话写好了。

以每页四百字计算的话，大概是六十五张。我近半年来几乎没写出什么东西，所以这个速度算快了。

"继续写第二话吧。"我把原稿用邮件发走后，收到这么一条短信。我倒不是要邀功，可回信只寥寥数字也太叫人沮丧了。小余绫似乎并不喜欢在邮件上费工夫。回想当初她叫我出去商量稿子时的那条短信，也就几个字。

大概小余绫也觉得我的稿子不怎么样吧。

第一话确实写得不理想。至于为什么，我也讲不清楚。

写作中经常会碰到这种情况。

小说创作既不存在所谓的正确答案，也讲不出非常明显的失误。可自己偏偏能觉出不理想，告诉自己不能这么继续下去。进入第二话时，我仍摆脱不了这种感觉。正因如此，我越写越一团迷雾，笔下极其不畅。我可以继续，但一定出不了好作品。这事我还没告诉小余绫。

我瞅了一眼邻座正跟同学们谈笑风生的小余绫。她的位子是全班最热闹的，有如世界的中心。有那么一瞬我们的视线交织在一起，太刺目，太耀眼，我赶紧转过头去。

*

午饭时，我从小卖部买了面包往回走。在一楼的走廊上，听见女生们在叽叽喳喳地说笑。我瞅了她们一眼，发现迎面走来的女生中，有一个熟悉的面孔。

成濑秋乃。

诚心诚意向我求教的高一女生。

这五个有说有笑的女生，肯定也跟成濑一样才高一，不过其中有一位非常惹眼，她走在最中间。入学时间不长，她的校服已经很合身了，头发的颜色也略有不同，一看就是很阳光的那类人。阳光女生领着成濑她们朝我走来。

成濑大概注意到了我，她看了我一眼。她目前还没加入文艺部，当然这得怪我。我吃不准是否要向她道歉。当初我说的话并没有错，只是措辞上欠考虑。我一股脑地把火撒在了天真的后辈头上。

可我找不到道歉的词语，后来成濑便不再看我。她既没有笑，也没有鄙视我，只是假装没看到。

女生们刚从我身边走过，我就听到了一阵嬉笑。

"刚才怎么回事？那个人是不是在看秋乃？你认识他？"

"啊，不认识。"

我出了教学楼，在太阳照不到的长椅上坐下。没关系，不要紧。已经不是第一次有人这么议论我了，可能我命该如此。我闭上双眼，压抑着胸中的愤懑。

暮春的风轻抚在我的脸上。

"那个……"突然有人说话，我吓了一跳。

成濑正弓着身子羞怯地看着我。"那个，前辈，刚才对不起啊，"她丝毫不理会我的诧异，朝我深深地鞠了一躬，"我刚才假装没看到你，真、真的对不起。其实有点事情，不太方便说。"成濑抬起头，不安地四下望了望。"其实我没有告诉利香，就是我还在写小说的事。"

"利香是谁？"

"就是刚才那个，纲岛利香，她初中就跟我同学。"

"哦，"我心不在焉地点了点头，"阳光女孩。"

"阳光女孩？"

"啊，没什么，你是说……"

"利香觉得读书、写小说什么的太古板老旧了。我中学的时候被她们挖苦过。"

我不置可否地点了点头。原来如此。阳光女孩当然会这么想。是有人觉得读书、写小说之类很阴郁古板。

"所以我担心，要是让她知道我认识前辈你的话，那我还在写小说、打算参加文艺部的事就暴露了。"

"我还以为是我上次惹你不高兴了。"

"哪里，哪会不高兴。"成濑摊开两只手，摇了摇头，"那次我是有点受刺激，你否定了我的梦想。不过，九里前辈说，你不是那个意思。"

"九里？"

"嗯。千谷前辈，你家有人当作家吧，所以你从小见到他们为生计苦恼。你想告诉我，作家是个很辛苦的职业，只凭一时兴起是干不好的，对吗？"

"不，这个……"

不说谎，又没违反约定。

九里巧妙地在背后帮了我一把。

"我平时都没机会知道这些，所以我得感谢前辈，以后也多跟我讲讲吧。我知道肯定不容易，不过，我还是想当个作家。"

"哦，是吗？"

她很坚决。

"好，我帮你，"我垂下眼睛说，"只要我办得到，我会帮你的。"

"真的吗？"她的声音顿时阳光起来。

"啊，那……那你要是愿意就去文艺部吧，九里一定很高兴。"

"可是我不想让利香知道，可以吗？"

"我不会说的。这点小事九里能理解。"

"太好了,"成濑这才放下心,脸色也轻松多了,笑盈盈的,"那,前辈,方便的话,我的小说……"

成濑吞吞吐吐地说,交握在小腹处的十个手指不停地扭动,她的脸、耳朵都羞红了,眼神躲躲闪闪,后边半句话却怎么也说不出来,我看得都为她着急。

不过她大概真的下定了决心,重新正视着我,探过身子,高声说道:"我,我想请前辈看看我写的小说。"

*

我坐在会议桌的一角继续拼命码字,屋里除了我敲打键盘的噼啪声之外,就只有离我不远的九里偶尔发出翻阅精装本时的纸张摩擦声。我本没想在这里干私活,可九里说他不介意,我也就不客气了。麻烦的是——

我叹了口气,停下码字的手:"你这样,我做不了事啊。"

"别在意,我就看看。"

会议桌对面小余绫诗止正托着下巴瞅着我呢。

她微侧着脸,一缕长长的黑发像巧克力盒子上绑的缎带,顺着漂亮的脸颊垂下来。虽然还不到更换夏装的季节,可今天气温很高。大概是热了吧,她松开了校服上的领带,露出了奶油般白皙的脖颈和锁骨。注意到我在看她,小余绫蹙了蹙眉:"干什么啊?"

"哦,不,你这么盯着,我很难干活啊,精神集中不起来。"

"是吗?"她继续保持刚才的姿势,耸了耸肩,"我是想在旁边督促你的,你最近进度有点慢。"

"没办法,写不出来嘛,我可没找借口。"

"我正在帮你看着呢,知足吧。"

"你哪来的自信?"

虽然我们每天都在班上碰面,可已经好久没这么聊天了。最近她好像一直在忙着自己的文库本,收尾了才跑来催我写第二话,可我并没什么进展。于是我俩听从河野的建议每周见几次面,她的意思是让我们彼此监督提高效率。

"你不是也没有动笔吗?"

"没事啊,我脑子里在想。"

小余绫在整合第三话的具体内容。还有一些细节、出场顺序和感情的转换,关键是推理小说中的机关——悬念的伏笔部分没完成。她常常突发奇想,接着就在本子上记两笔。尽管她的字很漂亮,可我偶尔瞥上一眼,也只看到一连串莫名其妙的单词。她好像并不愿意拿给别人看。

小余绫盯着她的笔记本,覆在大眼睛上的两排长睫毛随着她的思绪上下起伏，娴静得像位美丽的淑女。

前两天河野跟我碰了个头，大概是想个别跟我打听一下合作的状况。我跟她讲要我把别人设计的人物形象和故事梗概串起来，有点难度。"是啊，"河野听我断断续续地讲，十分赞同地点了点头，"可能你对诗止还不够了解吧。"

我问她这话怎么讲。

"我知道作品和作者应该分别对待，可为了深刻理解一部作品，读者就必须对作者有所了解。作者都看过哪些书、成长的经历如何。了解了这些再去读就会有全新的体会。何况你不是一般的读者，你得充分吸收她的思想，把它们升华到故事中去。"

身为作家，你该懂的。

"作家不动诗止想通过作品表达些什么？"

得了解一下不动诗止这位作家。

"那个……"我想提些问题，可什么问题才能让我了解她呢？

"什么？"小余绫仍盯着她的本子。

"嗯……"我一时语塞，真的不知道要问些什么、怎么个问法。

结果还是讲了些无关紧要的话："那个，你喜欢哪种小说？电影也可以。"

"搞什么啊？讨厌，跟踪狂吗？"她漂亮的脸蛋上一副厌恶的表情，可一会儿又想通了似的点了点头，"哦，难不成你喜欢我？不好意思，你太自不量力了。"

"你，不，才不是呢。不是这个意思。你到底有多自恋啊？自我感觉这么好，分我些呗。"

所以我才讨厌畅销书的作家。

"那你什么意思？"

"没……没什么。我才不想打听你的事，那什么……"

"为了更好地把握作品，必须了解一下我？是不是河野小姐跟你这么说的？"

都被她看穿了。

"是，是啊。就是这么回事。我对你可没兴趣。"

"三个。"话还没说完，她就打断了我。

"只许你问三个问题。"她傲慢地昂起头，手仍托在脸颊旁，根本没把我放在眼里。

"你干吗这么目中无人啊？我不过是为了公事而已。三个，问什么都行？"

"下流的不行。"

"那种我才不问呢。"

小余绫睁大了眼睛。

"别这么一惊一乍的，你把我当什么人了？"

"当没销路的作家啊。"

"正确。"

我低下头，听见自己轻轻的呼吸。

九里合上手里的书，用手掩住嘴。这个平时不苟言笑的人难道在偷笑？

"那你的问题是……"

我赶忙清了清嗓子。

我并没有因为三个问题的限制，而准备认真考虑该问些什么，却也不想敷衍地问些兴趣爱好。事实上我根本不知道该如何寻找话题向女生发问。说来惭愧，我想了半天才问出口的话，实在不算什么有意义的问题："那，你之前读的高中怎么样？"

"什么？"小余绫一脸茫然，好像不知道我为什么会这么问。

"没什么，只是听说你以前读的是名门女校啥的，想确认一下，没别的意思。"

小余绫叹了口气。我一听到她说出的校名就着实呆了。

"啊，那不是……"那所学校我早有耳闻，是名副其实的名门女校，偏差值超过70。

虽说我们学校也不差，想进来也得下一番功夫，可跟小余绫之前读的女校比起来，根本不在一个档次。她转来后小测验一直都是满分，我知道她很聪明，可真没想到她会是从那里出来的。

"那你干吗转学？学习跟不上？"

"你胡说什么呢！我可一直都是年级第一。"她满不在乎地说。

"什么嘛。人设也太假了吧,你。"

她在班上的优雅做派,以及大小姐言行一定都是从原学校学来的,家里也一定很有钱。

漂亮、聪明、家境富裕,而且小小年纪就出道当了作家。

荒唐,太荒唐了,荒唐得我都懒得嫉妒。

突然九里开口了:"那你为什么来我们学校?"

没错,这个问题很关键。凭她的实力完全可以去更好的学校。

"是啊……"

由于提问的人是九里,她并不反感,歪着头思考了一会儿,便垂下眼帘,开口道:"嗯,我想大概,在这里不会显得太特殊。"

"什么意思?"

"就是,我不是很可爱,而且又有才嘛。"

"……"

她这个人万事俱备,唯独谦虚不足。

"大家都说你们高中社团活动特别丰富。活动多,校风也自由,就跟小说里的学校似的。"

小余绫低着头说,我和九里交换了一下眼神。

没错,我们学校的社团活动很丰富,数量种类也多,运动队和文化社团都小有成绩,有些甚至在全国大赛上都名列前茅。不少学生就是冲着这些才来报考的。至于我，第一还是为了考个好大学，找份好工作，其他更好的高中我也报了，但没有考上。所以类似我这种，同时报几所学校，却因为没考上其他更好的而进来的人也不少。

小余绫仍在盯着桌子，就像在跟桌子说话："除了学习大家还可以有别的追求。活跃在学校社团中的同学们一定都很阳光，生气勃勃。"

她的长睫毛覆盖着双眼，也许此时她眼前正浮现着热火朝天的场面。瑰丽夕阳下有人挥汗如雨；远处吹奏乐队的乐声断断续续地划过我们耳畔；操场上运动队在彼此呼喊；棒球高亢的击打声流星般消失在天际。生龙活虎的同学们。

小余绫似乎也跟我一样在凝视这些离我很远的风景。从窗外照射进来的夕阳余晖正一点点把活动室染成红色。因为逆光，低着头的小余绫整张脸都被阴影遮住了。

小余绫初中时什么样？不动诗止并非蒙面作家。她周围的反应如何？也许她当时的同学们都只注重学习吧。我感觉她眺望着远方火热生活的眼神正在对我述说这一切。因为特殊的另一个说法就是异端。

"所以你觉得来我们学校，写小说就不特别了？"小余绫听见我问，扬起了头，阴影下的表情清晰了起来。

075

她耷拉下眉眼,像个迷路的孩子。

"会吗?我也不太清楚。"她自嘲地一笑,把肩上滑落下来的头发缓缓地朝后拢了拢。

"也许我只是单纯地向往社团活动吧。我羡慕那种沸腾的生活,希望自己也能那样。嗯,对啊,因为我初中时什么都没参加,本打算多做些挑战的,不过不行了,都高二了,更没法尝试了,加上……"两片粉色嘴唇自嘲似的轻轻嗫嚅着,"写作就是我的全部。"我不禁屏住了呼吸。

"那,那就去采风喽。"我突然冒出这么一句。

"采风?"小余绫反问道,我的脸唰地红了。

刚才我是脱口而出的。

我赶紧避开小余绫的目光,朝九里看去。他也正在看我,我又逃开他,看向笔记本电脑里那些乱七八糟的句子。

"那……也就是说,你没参加过羽毛球队喽?"

"嗯,是。"

"可你构思的第三话中女子羽毛球队是故事的背景啊。"我抬眼看了看小余绫,她眨了眨眼睛,也看了看我。

"虽然我不知道你现在卡在哪儿了,总之,怎么说呢?你去采个风,也不耽误的。"

"哇,好意外,"她懵懵地说,"这样的啊,这么说,你的处女作里有一部分中学摄影部的具体描述，看你也不像爱好摄影的人，难道是去采风了？"

"不行吗？"

我再次避开小余绫的目光。

在我的处女作里有一个小配角就是摄影爱好者。虽然摄影在书中很重要，可我根本不懂摄影。当时我觉得要把这个故事写好，就必须让自己喜欢上摄影。

九里少言寡语，却出人意外地爱交朋友。我一跟他商量，他就去和摄影部长打了招呼，让我过去采风。他知道我这个人不善交际，所以也跟我一起去体验了几回。

那次采风极其珍贵，对我的整部作品产生了巨大的影响。

然而，还不止这些……

"嗯，总之，这事可能有点多余，但绝对没有坏处，另外，我也陪你去……"

"我去。"

我看了一眼小余绫。她的手已经不再托着脸颊了，双手撑在会议桌边，微微地探出了身子。红色的夕阳照在她的身后，逆光下略呈阴翳的脸上闪烁着激动的光芒。两只大眼睛忽闪忽闪的，满是期待和好奇。

"我要去采风。"

她的反应有点超出我的预料，我偷偷看了一眼九里。

他点点头,开口道:"我跟羽毛球队的队长很熟,我去打招呼。"

*

九里的人脉之广实在令人费解。

他那边进展得很顺利,才过了两天我们文艺部全体成员就获准去羽毛球队采风了。说是全体成员,其实就部长九里、我、小余绫诗止和新来的成濑,总共四个人。

"进部的第一次活动就是采风啊,好正规,真厉害。"

在体育馆门前换鞋时,成濑双手握拳,十分起劲。

不用说,成濑并不知道小余绫是作家。我不愿告诉别人,小余绫一定也一样。所以我们只跟成濑说这次是文艺部的创作采风,跟羽毛球队也是这么讲的。

我换上了球鞋,心里仍闷闷不乐。虽是我随口跟小余绫提的建议,我自己却不善交际。一进体育馆,就听见四周都是球鞋摩擦地板上的响声。我之前没怎么来过第二体育馆,这里主要是校羽毛球队和乒乓球队的训练场。穿着运动服的同学在橙色的体育馆内追着羽毛球、乒乓球来回奔跑。

领头的九里大大方方，熟门熟路地向正在给队员布置工作的羽毛球队顾问走去。

"今天还请多多关照。"九里标准地鞠了一个躬说。

羽毛球队的顾问老师也堪称运动部的典范，一身运动服，宽肩膀小平头，表情严肃，叫我有点担心他会不会不耐烦。

"哦，你是九里？我听古宫说了。你们文艺部要写悬疑小说吧？会写我们在孤岛集训时遇害吗？拜托你让顾问活到最后吧。"

看来我的担心是多余的。

"还没决定呢，不过会妥善处理的。"九里对直率的顾问一本正经地说。

"啊？怎么是悬疑小说？"身边的小余绫小声嘀咕了一句。

"啊，反正也没有太大出入。"

"那我们岂不是还要为部刊另外写一篇？否则怎么说得过去？"

"别瞎想了，文艺创作上计划流产的事多了去了。"

"古宫，文艺部的人来了。"

顾问话音刚落，一位扎着黑色马尾辫的女生就跑了过来，她跟运动部的其他人一样矫健，皮肤晒得黝黑。她笑着跟九里和顾问聊了起来。

九里朝我们看了一眼，指了指小余绫。部长随着九里的目光也看过来，顿时她瞪大眼睛，啊地叫了一声，随后伸出羽毛球拍大声说："啊，那个传说中的美女转学生？"

搞体育的女生都是大嗓门。一时间正在练习的队员们都看向我们。那些在拉伸、练腹肌的女生，打球的男生都停了下来，瞅着站在角落里的小余绫。

"小余绫对你们的活动最有兴趣，你多教教她。"听到九里这么说，羽毛球队的女生立刻围了上来。不知所措的小余绫很快就被七嘴八舌的提问淹没了。"是叫小余绫吗？""转到高二来的吧？""会参加我们队吗？""先来我们这体验一下吧""不，一定要来我们队啊""我们拍张照吧"。

"那个，我……"表面温顺的小余绫，依然优雅地回答大家的提问，跟对待我时完全不同。可她的声音很快就被体育女生们泼辣的嗓门盖住了。

我站在远处跟成濑一起观察着这个场面。

"哇，好厉害，小余绫前辈真有人气。"

"运动部的人太疯狂了。"

当然并非所有女生都拥了过来，也有人不明就里地在一旁看热闹。男生虽不像女生那样蜂拥而至，但对传说中的美女转学生也饶有兴趣，一个个停止训练在远处张望。

"好了，各位，看这里。"扎马尾辫的队长把羽毛球拍夹在腋下，拍了拍手。围着小余绫问东问西的女生顿时安静下来，看向队长。我从队员们的缝隙间注意到，始终面带微笑的小余绫露出了疲态。

"小余绫是文艺部的。先前已经跟大家说过，她是来采风的，请大家尽到地主之谊，好好配合。招兵买马的事以后再讲好吗？大家多宣传羽毛球的优势，别错失良机。到时候身兼两部也是可以的嘛。"队长别有用心地挥着拳头，有力地说服了大家。

总之我们很意外地受到了欢迎，采风进展顺利。

*

小余绫也不打算影响羽毛球队的日常活动，所以我们就先在一旁观摩。通常训练开始前队员们要跑步，不过今天已经跑过了，我们就站在体育馆边上看他们练习腹肌、俯卧撑和步法。其实我初中时，曾在羽毛球队待过一年，基本上属于挂名性质，很快就退出了。现在队员的训练比我们当时严格多了。

我像个只能见习的生病男生，蹲在墙边抱着膝盖，和成濑一起看着大家训练。小余绫则在一旁采访队长，她还热心地往本子上记录。

"那个，"成濑稍稍靠过来问，"我做什么呢？"一脸的惶惑。

"嗯，就是眼前这个样子。"我也跟她同样惶惑。

说实话我很后悔叫小余绫来采风,太欠考虑了。我无精打采地看着体育馆里的同学们,大家热火朝天的样子叫百无聊赖的我很不爽。

同学们都很阳光,生气勃勃。

想到小余绫这句话,不爽和后悔一股脑都涌了上来。这里光线太亮了,周围的氧气被吸得精光。这些最适合出现在小说里的人物,活在阳光的世界里,拼命地吸收着光和热。

"采风真挺重要的吧。"队员们在练习步法。成濑看着挥动球拍在场上迅速移动的女队员们轻声说:"通过采风文章就会更真实,认真观察才能更好地挖掘人物形象,所以采风很重要,对吗?"

"这很重要?"我也望着场上的热烈气氛,问道。

成濑有点意外:"啊?什么意思?"

"纯文学就不去说了,小说嘛,谎话连篇,都是虚构的。谁会管真不真实。读者才不想看忠于现实的东西,他们要的是脱离实际。读小说就是为了逃避现实,全都照搬生活,读者会厌烦的。"

"真的吗?"

"我们日常生活中,哪有什么大事发生?杀人、拐骗、谜团,一个也没有。幽灵、妖怪、鬼神、杀人狂魔和侦探都不存在。也没见过哪个老板在专卖店里破案,更没有谁上过天堂、下过地狱。就是大受女生欢迎的高中帅哥也很少见,如果真有那他早被骂死了。总之,读者追求的就是反现实的作品,根本不需要写实。小说能否成功就看你谎话编得够不够精彩了。"

"可能吧,不过……"

"人物观察也一样。成濑你在最近的畅销书里读到过真实的人设吗?反正我没有,一本都没有。大家都喜欢聪明漂亮、思路清晰、热情勇敢、略带点小缺陷的人。这种人现实生活里根本不存在。如果把一个真实的人物写出来,那读者非骂死不可。"

或者说——

像我这样浑身缺点、一无是处的,世上大概也就剩一个了。所以我才会觉得,小说中与我类型迥异的、春风得意的主人公都不够真实。也许普通人就该是小说主人公那种——思路清晰、永不失败、善解人意,而且还不畏艰险、不屈不挠。不具备这一切的,这世上就剩我了。所以我写出来的小说就是:

"人物的情绪完全没有代入""主人公太幼稚了,接受不了,傻得想吐""把一个垃圾抬举成主角""出场人物太自以为是了""作者应该好好研究一下高中生,现在的高中生才没那么蠢""人物塑造得太浅薄了,实在读不下去"。

"那前辈你为什么要小余绫前辈来采风?"

我把目光从球场移到成濑身上。她双手抱膝坐在地上,不解地看着我:"九里前辈说是你建议采风的。"

"这……"

为了避开她的提问,我重新看向球场。只见小余绫在跟扎马尾辫的队长学握拍。

小余绫轻轻挥了一拍,高兴地笑了。

看来她很开心。

"其实,也不是非得采风,但也没什么损失。"

小余绫开始练习打球了。我看见队长很认真地在做指导,这时成濑突然问道:"小余绫前辈打算写什么小说呢?"

"嗯,会是什么样的呢?"

"我挺意外的。也许这么说不太礼貌。我……我感觉小余绫前辈并不需要小说。"

这话有意思。

"不需要小说啊?"

小余绫为什么会写小说呢?像她那种阳光世界里的人,不需要向小说寻求庇护,翻开书,沉浸在自己的世界里。她无须如此生活也总是明媚的。

小余绫转过头,甩了甩黑色的长发,露出惹人心动的笑脸。

"千谷君,"她拿着球拍跑过来,笑盈盈地说,"他们说能教我上场打一会儿,你也一起吧。"

"啊？不了，我就在这儿看看。"

"来嘛。"她突然伸出一只手，把我硬拽了起来。

随即把脸凑到我肩上，吓了我一跳。原来她不想让别人听到："实际动笔的人是你，你得体验一下。"

"没说有主人公打羽毛球的情节啊。"

"我改主意了。小说需要反复斟酌，不断改变。"小余绫说着，又转向在一旁发呆的成濑："成濑，你也来。"

"啊？哦。可我穿的是制服。"

"就一会儿，没事的。"

我根本没想过要在采风时打球，可小余绫说得也对。实际动笔的人是我。尽管麻烦，就当是为了工作吧。

队长很认真地给我们讲解了羽毛球的基本打法。时间太短，她只简单地介绍了一下，就到球场上边打边教我们发球和扣球。我已经很多年没摸过球拍了，起初有些担心，不料我还记得些姿势。九里则很快就掌握了窍门，被队长大加赞赏。成濑不擅长运动，队长教了她好几种发球法，她都打空了，故而有点伤心。真是可怜。

至于小余绫呢——

她轻盈的身子跃了起来，没有准备运动服，就还穿制服。白衬衫吸足了球场的灯光，显得格外耀眼。百褶裙停在半空,灌满了空气,露出健康的大腿。她骄傲地挺起胸膛,胸前深红的领带随风飘动。

看到这情景无论是谁都会屏住呼吸。

用橡皮筋束起的头发上下跳动。

球在球拍上发出清脆的声响。

画出一道弧线后弹在地上。

小余绫得意地看了一眼在场边发愣的我。

球正好落在边线上。

队长对她这记漂亮的跳跃扣杀颇感震惊。

"耶——"她天真地做了个胜利的手势,引来一阵欢呼。

传说中的美女转学生正在羽毛球队打球。不知谁走漏了消息,体育馆门口一下子聚起了许多同学,大家的目光都集中在小余绫身上。

"人设太假了吧。"

世界上到底还有没有她不会的事啊?

不过可别再穿这么短的裙子蹦蹦跳跳了,从我的位置看过去不太雅观,当然我不会管这个闲事。

"那就试着打个比赛吧。"

虽然才练习不久,我们还是在队长的提议下,准备打一场简单的双打。当然这只是游戏,不少规则都省了。我跟成濑一组,九里跟小余绫一组。结果可想而知。只要小余绫挥拍就会引来场外围观女生的欢呼,同学们的热情和目光都集中在她一个人身上。我勉强地追着她打过来的球,心里想——

一个不需要小说庇护的人。无须逃避现实,永远光鲜亮丽的人生究竟什么样?漂亮、聪明、才华横溢,像这样不费吹灰之力就能被很多人喜爱、接纳。为什么我们的人生如此不同?球网那头就像是另一个世界。我一边留心着球网那头跳动的身体,一边迅速跑向球的落点,奋力将它打回去。一个耀眼夺目的世界,跳跃其中的才是故事的主角,相形之下我不过是一个影子,阴暗的、空虚的、没人注意的影子。这种人当然创作不出好小说,塑造不出人见人爱的形象。

小余绫凌空一跃,围观的人群再次屏住呼吸。

上下和谐的互动压得我喘不过气。

被小余绫打回来的球擦着我的体侧飞了出去。一阵劲风掠过,我猛地悟出了自己不能把她的小说继续下去的原因。

*

采风后的第三天放学。

我依旧浑身酸痛。我平时又上体育课又打工,运动量并不少,可能有些肌肉用得还是不够吧。

文艺部活动室里,我一会儿往键盘上敲几下,一会儿又删除,反反复复了好几次。九里在离会议桌较远的地方安静地看书。小余绫则在我对面,一个劲往笔记本上写着什么。大概前两天的采风给了她不少启发，本子上的字比平常多了许多。我瞥了几眼，看见上面都是台词和具体说明。只是她似乎并没想过要给我看，仅那几个字我很难掌握整个故事的脉络以及前后文的关联。如果她不光随便地口述几句，把情节都给我组织成文字就好了。

今天成濑没来。原本今天就不是社团活动日，她说要帮家里干活，没法经常参加活动。

"离校时间到了。"九里合上书说，我还盯着电脑上老也填不满的空白文档。

我看了一眼窗外，天空已经布满了晚霞。

"我回去了，你们呢？"

"啊，怎么办呢？"我踌躇起来。我有事想跟小余绫商量，却不知道怎么开口，白白浪费时间。

"算了，我另找地方吧。反正今天不用打工。"

小余绫也抬起头表示赞同。

"我也找个咖啡馆把思路再整理一下。"

"别太晚了，别忘了我们都是高中生。"九里跟个老师似的，说完站了起来。小余绫大概觉得他很滑稽，冲我使了个眼色。

我们跟要去事务室还钥匙的九里分开后，就出了教学楼。小余绫照例不愿意跟我并排走，她的侧面已经传递出这个信息。目前恐怕很难跟她交谈。

"干吗呀，那副表情。"我随口咕哝了一句。小余绫立刻瞪了我一眼。

"我说了，不想被别人误会。你能不能离我远点？我看你背再驼一点，速度再慢一点比较合适。"

"我就这速度，你不喜欢，离远一点好了。"

我们俩互相瞪了一眼，然后同时背过脸去。我们上学都坐电车，从学校去车站走的是同一条路，所以怎么都会走到一块儿去。

我正想着，忽然感觉小余绫自打出了校门就没在我边上了，我很纳闷，便回头去看，只见小余绫在离我不远的地方停下了。

她眼睛看着远处。

已经是五月中旬了，日头越来越长，夕阳把整个世界涂抹得一片金黄。暮色中，小余绫诗止正一个人伫立在街头。

"喂，你干什么呢？"我叫了一声，她好像没听见，只是紧紧抱着自己穿着校服的柔弱身体。我顺着她的视线朝远处看了看，并没发现什么大不了的。这里离都心很近，周围都是办公楼，出了学校不一会儿就能看到很多穿西装的白领。我有些不解地走到小余绫身边。

她双唇紧闭，微微发抖。

"怎么了？"

她飞快地看了我一眼，就侧过头，若无其事地摇了摇，重新往前走，步履蹒跚。

"那个……"小余绫轻声说。我走到她身边,看着她的侧面:"怎么了?"

"你到哪儿去干活?"

"附近吧,坐电车,十分钟。"

"那带我一个。"

她这是怎么了?见我发愣,她不耐烦起来:"我改主意了。"

"啊,好吧,那到车站集合怎么样?"

要是被别人看到,误会了就麻烦了。我正打算按照她之前的意思先一步走到车站去,没想到却被拉住了。我赶紧停下脚步,发现她雪白的手指正抓着我肩上书包的一角。

她的手指苍白而无力,僵硬地拽着我的书包。小余绫低着头,我看不清她的表情。

"哦,那……好吧,一起走吧。"我见小余绫松了手,便直挺挺地转回身,按她的速度安安静静地往前走。

两个人都没有说话。

我边走边用手按在胸口,想测测自己猛烈的心跳。小余绫就跟在我身后,我很想知道她现在什么样,却不敢回头。

我们上了车,一直到下车都没有说话。小余绫好像很在意周围。可她不安的眼神不像是担心被别人看到我们俩在一起,更像是在躲着某个特定的人。

一路上,她不断地观察着周围的一切。并非出于警惕,她看起来倒是有点精神涣散。

"喂,小心。"我一把抓住她肩上的书包。

一辆汽车从她面前飞驰而去。她耸着肩,停在原地。

"看路啊。"

小余绫看看我,眼睛瞪得大大的,一脸茫然。"啊,对不起。"她羞愧地低下了头。

"哦,没什么,我也很不想被别人看到,不过没人跟着,放心吧,"我多少知道小余绫在担心些什么,"是担心粉丝吗?"

听我问,小余绫厌恶地点了点头:"嗯,大概我看错了。"

"那你走这边吧。这里小路上车很多。"

小路很窄,却常有车从这里抄近道。我让小余绫靠着人行道走,自己到机动车道这一侧来,省得她东张西望被撞到。

小余绫走着走着,突然抬起头,不可思议地瞅着我。

"干吗?"

"没什么。"她眼神傲慢,一个劲地打量我。和缓的风配合着她的脚步,轻轻吹动她的长发。

蓦地,她扑哧笑了。

"谢谢。"

笑颜如花。

我还以为她又出幺蛾子,这一笑反叫我不好意思了:"啊,就前面,前面那幢楼就到了。"

我语无伦次,慌乱地掉过头,用手指了指前面的大楼。

"不是咖啡馆啊?"

"小作业场,听说过吗?"

"光知道名字。还有这种地方啊。"

我们坐电梯上到要去的那一层,下来就看到一扇小小的玻璃门,门上贴着印有"沙箱自习室"的标志。推门进去,室内特殊的气氛立刻扑面而来——就像电视剧中常见的IT公司时髦的写字间,室内的白板上贴着杂七杂八的便条,以及手写的圆体字;钢制的书架上塞满了各类书籍,很乱。彩色的单人桌上,摊着一台台笔记本电脑,所有人相对而坐。屋子中央放着一张大圆桌,有个团体合作的项目组正围着一堆彩色图纸,在商量什么。

"哇,我还是第一次来这种地方,他们都是来工作的吧?"小余绫好奇地四处张望。

"千谷君,好久不见。"由会议桌跟隔板围出的前台,打工妹矢花在负责接待。她的头发又黑又亮,甜甜的笑容很讨人喜欢。

"嗯,"我瞥了一眼桌上放着的电子钟,"两个小时吧。"

"好，那写一下名字，500块。"

"给我收据。"

"喂，你这是来约会？"

我在她递过来的登记簿上签了名，听见她小心翼翼地问，矢花打量着我身后的小余绫。

"工作啦，怎么可能约会！"

"啊，不是有人常说图书馆约会吗？说不定什么时候也会说小作业场约会呢。"

"到这种地方来能干什么？添乱。"

"可……可是她很漂亮啊，你的粉丝？"

我不再理会小声嘀咕的矢花，把头转向小余绫。

"两小时五百块，待一天的话一千块，可以吗？"

"哦，"她胡乱点了点头，看了看矢花，"那个，我是第一次来这种地方。"

"没关系，很安全的。"矢花把手放在前台桌上，探出身子说，"最近很多学生来这里。跟同学一起学习什么的，因为这里可以聊天，不像图书馆。哦，现在还可以跟闲着的大哥们学学电脑操作之类的技术。你对编程有兴趣吗？"

我打断了矢花的介绍，朝空着的座位走去，是一个两个人可以对面坐着干活的位子。小余绫新奇地东张西望，她在我对面坐了下来："类似咖啡馆、漫画茶馆，又不太一样啊。好奇怪的地方。"

"这里咖啡、红茶、果汁随便喝，还能帮着保管东西，尽可以放心地上厕所。出去了还可以再回来。电源和网络都随便用，如果你是用电脑，他们还提供充电服务。很不错吧。"

"你做广告啊？"小余绫嫣然一笑，"对了，到这里来干活的都是些什么人啊？"

"大部分都是干IT的吧，自由职业的程序员、设计师什么的，就是没有独立工作室的人。也有作家，春日井你认识吗？那个春日井启。"

"哦，我在派对上见过几次。"

"他常来这里，今天好像没在。"我扫视了一圈，没发现要找的人。

"你也常来？"

"嗯，在家有时精力不集中。构思好了，要着手写了就来。"

我们不再说话，各自继续手头的工作。

我打开笔记本电脑，看着几乎没怎么进展的文档。

有件事我必须跟小余绫商量，在学校我不敢跟她讲，不过今天我们一路上说了不少，现在开口的话也许我就不会紧张了。

"那个，有件事想跟你商量。"

"什么事？"正在往本子上记什么的小余绫不解地抬起头。

"首先，我想问个问题，就是你以前不是说，小说可以励志吗？能具体说说吗？"她听我这么问，皱起眉头想了想，眼睛看着半空："嗯，有各种情况吧。"

小余绫放下笔，继续说："我觉得它能叫人直面现实的生活。"她直勾勾地，毫不含糊地正视着我，眼神十分诚挚。

"什么意思？"

"如果人们在读书时，心里能生出一股力量。我希望大家凭借这股力量勇敢地直面现实的生活。因为痛苦也好悲伤也好，有了小说，人就一定不会被打倒，我想在小说中激励读者。"

小余绫的话叫我惭愧，随即又从心底讥笑起来，多么好听的漂亮话啊。一听就知道是不谙世事、整日生活在温室中的小女孩说的梦话。谁需要这种激励？读者想要的不过是开心的、好笑而又感人的娱乐体验。至于直面现实的勇气，没人需要。看看那些畅销书吧，都是只描写漂亮女孩的作品，无懈可击的女主角，被帅哥簇拥着、追求着。净是些现实中找不到的青春、看不到的美少女、不存在的名侦探、让人惊异的谜团、无法再现的阴谋诡计。大家想看的就是这类作品，没人想直面人生，畅销书根本不需要跟现实有联系。

"这次的作品，就像你之前说的，有些部分很残酷，很多情节都在戳读者的痛处。所以我觉得应该会对读者产生一些影响。我希望读者读完以后，哪怕向前迈出一步也好，我想创作一部这样的作品。"

如果是一个卖座的作者，她要写这类小说，也未尝不可，那她就可能始终坚信小说可以励志。

"你太会做梦了。"

小余绫根本不知道现实有多残酷。她这种人不费吹灰之力就能把书卖出去，还被无条件地大量印刷出来，成摞地铺在书店畅销书展台。她这种胜利者才会信口胡说，都是些玩笑而已。

"你太可怜了。"我还没表示同情，小余绫却说了出来。她皱了皱眉头继续说："你看不见小说之神吗？"

没错，她之前也这么说过。她说她能看见小说之神。

"什么？什么神不神的？"

小余绫没有回答，挑衅地瞪着我。我避开她，看了一眼空白的电脑屏幕。

"你不是说有事要商量吗？"她步步紧逼，叫我难受。我被莫名的苦闷弄得心烦意乱，开口道："我……我想……我希望你把主人公的形象改一下。"

她没有出声，大概没听懂我说的，应该是的，肯定是。

"什么意思？"

我不敢抬眼去看她的一脸迷惑，讷讷地说："现在这个主角有很强的推理能力，却很不自信，性格又阴郁。我觉得她太幼稚、浅薄、不成熟，想法也太消极。"

"嗯，没错啊。"

"这个主角太不阳光了。"我把手伸向空白的屏幕，想象着该写上去的场景，用手摸了摸。

因为一直没用，电脑进入了休眠，我的几个指纹留在了黑屏上。看着活跃在阳光世界里的小余绫，我意识到，我不能去写这部小说。

"这样不行，她不适合当主角，如果要我写的话，结果可想而知。文章灰暗，没自信，没进展……除了叫苦，就是发牢骚，小说肯定会变得很无聊，读者绝不会喜欢，没人会对这种主角产生共鸣的。"

这就是我。

这个主人公就是我，伤害了别人，还那么孤独、阴郁，明明自己不好，还消极又任性，没有人会喜欢这么阴暗的人物。这种人绝没人喜欢。所以我不能写，否则只会让读者讨厌，书肯定卖不出去。

小余绫为难地说："不会不合适的。我觉得她就是一个随处可见的、日常生活中常有的形象，是我们应该去描绘的一个人物。读者可以把她跟自己重合起来。"

"你真无知。读者可不想看到一个跟自己一模一样的人。他们不是来照镜子的。他们想给自己植入一个比自己强大、比自己漂亮、具有自己所没有的一切品质的理想人像。他们需要的是对自己的幻想。一个更阳光、更有活力的人。"

谁都不愿直面现实。

每个人都想躲进小说的虚幻中。

谁都不想看到一个深陷残酷现实的主角。

别人的批判教我懂得了这个道理。

"小说中最应该出现的,就是你这种人。你还不明白?"

"别开玩笑了。"

"普通人可不像你这么能干,没有你鲜亮。他们生活在阴暗的角落,痛苦着悲伤着。所以没有人愿意在小说中重蹈覆辙。"

"我……"

这下无话可说了吧?

小余绫张着嘴,垂下了眼帘:"我,我不是那种人。"

"总之我希望你把主人公改成魅力十足的、受读者喜欢的那种类型。现在这样,我写不下去。"

"你确定不是在开玩笑?"

"我们不能光写自己想写的。很惭愧,我没你那样的才气,不是光凭爱好写作也会被接受的那种人。"

我说得够明白了吧?她这下懂了吧?

我盯着漆黑的屏幕,对她说:"你的故事很

有趣。"

我又惭愧又难受。不知不觉间，垂在椅侧的手已经被我握成了拳头。

"故事非常精彩，光整理那些情节，就叫我激动不已，我已经很久没这样了。真的是一个好故事，我希望能有更多的人读到它，所以要我来写这个主人公就完蛋了，我不想让我写的垃圾主角毁了整本书。我希望它能畅销。"

我太了解这类主人公了。

这是我最擅长的，我相信我能比小余绫写得更好。她一定是意识到了这一点才给人物设计出这样的性格和言行的。

但，这不行。

读者不喜欢这样的主角。

别让我再有那样的遭遇了。

不卖座，没人读，那么任何作品就都不存在了。

怎么搞的？

我强忍着涌上来的情绪，不知不觉咬紧了嘴唇，低下头，不敢看小余绫。

"我……让我再想想。"沉默了半晌，小余绫答道。

*

"如果要写魔幻书，就得穿越，书名上加穿越两个字,再搞些超能力。当然主人公必须是天下无敌的人设,拥有独一无二的本领。这样准卖得出去。"我拼命地解释,并把畅销书的卖点都列举在活动室的白板上。

"成濑,你上去揍他。"坐在角落里翻着羽毛球入门书的小余绫不客气地说。

"我告诉你,卖点很重要的。要知道,成濑是个新手,跟那些大名鼎鼎的作家可不一样。要是不在书名跟故事内容上做些文章,书店里哪有读者会去翻她的书?"

"你们不是在说参加轻小说新人奖投稿的事吧?"小余绫不解地看看我,耸了耸肩,"现在就去想书好不好卖干吗?这种事以后编辑会教她的。而且你说的那些早都过时了。你太小瞧轻小说了。"

"傻瓜,我哪有小瞧?轻小说可比一般文艺书难卖,竞争最激烈了好不好?想要在那里站住脚比一般文艺书要难上几倍呢,所以我们才要精心策划。"

"那个……"坐在会议桌一旁安安静静听我说话的成濑,举起手,"我……我已经决定好写什么了。"

这是放学后在活动室发生的事。

成濑说她打算参加轻小说新人奖的投稿。因为她要我给点建议,我才帮她在白板上列出了必胜攻略。九里跟往常一样在角落里啃他的文艺书。小余绫大概用经费买了本羽毛球入门书,她边翻边好奇地瞟我们两眼。

让我再想想。上次她留下这句话，至今没有下文。

"你打算写什么？"我暂且盖上笔帽，问成濑。

"嗯，那个……"她蜷缩着身子，难为情地说，"把神剑少女……"

"哦，原来如此。"

"啊，那个，当然，我想全部重写，只保留原先的设计，人设和故事统统换掉。"

"这样啊。"我摸了摸下巴，思忖了片刻。

《神剑少女与最弱勇者》是成濑的长篇小说，她给我看过。一看书名我就知道她初中时受了不少轻小说的影响，而且故事内容、情节展开以及文章的表现力、描写手法也带着初中生的稚气。关于她这部作品，我之前已经比较严厉地评价过了。

"还是……不行吗？"成濑毫无信心，垂头丧气地问。

单从技术层面来说，她远远赶不上初中就出道的不动诗止。就连我这种最蹩脚的作家，恐怕她也够不上。

不过……

"不，如果你在人设和故事结构上再调整一下，情节上做些大改动，应该可以的。"

她给我看的《神剑少女和最弱勇者》是部魔幻

风格的轻小说。故事是这样的：

在神话时代，有人造出了五十二把本领各异的特殊魔剑。虽说统称魔剑，却形象各异，有的像斧，有的像枪，分别代表不同的人格和思想，且能化为人形。主角是其中的一把，名叫伊利夏尔。五十二把魔剑在不同年代不同剑客的手中流传，只有伊利夏尔除外。伊利夏尔在魔剑中最不锋利，魔法又少，且性格粗俗顽劣，没有人愿意用她。然而，有一天一位勇士得到了神的赞赏，决定送一把魔剑给他。这位勇士无能又无力，性格懦弱，心中却蕴藏着无人可比的勇气。神打开摆满了魔剑的宝库，让勇士挑选一把称心的兵器。不料，勇士既不要最锋利的宝剑，也没选最具魔力的神枪，却挑了一把最没用的。因为他觉得这把魔剑最漂亮，仅此而已。

于是勇士就跟他的剑开始了冒险之旅。

"老实说，这个故事太烂了。不管是人设，还是情节发展，都太烂了。"听我这么说，成濑把脸埋在了桌子上。

"你没事吧？"小余绫见成濑趴着不动，担心地问。

"不过，问题也就只出在烂上。就是……怎么说呢？多打磨一下就好了。因为整体基础不错，技巧上再加强一下，就没事了。"

"嗯……你这算表扬吗？我不太懂。"成濑从桌上慢慢抬起头，扶了扶眼镜，尴尬地咕哝了一句。

"光是技术问题的话，锤炼锤炼就好了。但像感觉、能力什么的，没法学的，我也不会教。能教的我今后都会教你，别担心。今天我们就先定一下主人公的人设。"

我拿板擦把白板上的字擦掉，又列出几条应该确定的条目。名字、年龄、出生、目的、不足、性格、优缺点。

"主人公很关键。"我抱着胳膊，俯看着成濑。

她很认真地把白板上列出的条目都抄在了本子上。

"好了吗？主人公必须能给读者强烈的代入感，别用读者讨厌的、无法代入的元素。一旦读者不喜欢，就没人读。特别是那种消极的、卑怯的、任意伤害女孩子的渣男，绝对不行。太差劲，绝不能用。"

我激动地解释道，成濑困惑地眨着眼睛。

"按照这种观点，你给我看的《神剑少女》，里面的主人公由利就绝不会有读者喜欢。他太优柔寡断，没有自信，剑法又差，很多事都要同伴来帮忙，叫读者看了很不爽。心理描写上也太紧张、卑怯，完全不懂伊利夏尔的少女心，伤害了她。这种人读者肯定不喜欢。"

"可是，那……"成濑想反驳。她半张着嘴，没吐出一个字,她张了几次嘴又闭上,到底还是没说话。

活动室里很安静。从窗外照进来的阳光,把我的半边身子晒得暖暖的。九里只是在一旁偶尔翻动一下书页。

"成濑,你说啊,"静默中,小余绫从翻看的书本中抬起头来,催促成濑,"你不说,人家不会懂的。"

我皱紧眉头瞥了小余绫一眼。她根本不理会我,只盯着成濑。

"哦,好,"成濑点了点头,"嗯,我同意前辈的观点。但……这个故事是……一无是处的由利,凭他的善良和勇气,和……同样一无是处的伊利夏尔……那个……我也说不清……就是和伙伴一起,收获了自己本来不具备的、珍贵的品质这类故事,所以……"

"那你最好先出道,卖座后再来写这种故事。"

"喂……"小余绫刚准备批判,立刻被我举手打断了。

"如果你是一个卖座的作家,那你写什么都无所谓。可以不考虑流行和读者的好恶,只写自己想写的。可你要当职业作家,那就得靠小说糊口。你每时每刻都得考虑供求关系,不断地给读者提供他们所需要的产品。如果做不到这一点,那你的轻小说就会被叫停，你再想往下编，也没有机会了。你愿意这样？"

成濑无言以对，愣愣地张着嘴。

小余绫没说话，对我怒目而视。

"你把由利的性格改一下。虽然书名上有最弱二字，但轻小说一般不存在真正弱爆的主人公。通常他们都怀揣一种不为人知的神秘力量，要把他改成因为某种原因暂时发挥不出魔力。当由利和伊利夏尔相遇后，他的潜力就迸发出来了。善良和勇敢这两个特性可以继续用，只撇开没自信、卑屈的一面，设置成让读者喜欢的、天下无敌的男子汉形象。"

"那……"成濑插嘴道，她握紧手里的笔，向我挑战，"前辈，你真的喜欢这样的主人公？觉得这种角色才有代入感？"

"我怎么想无所谓，关键是读者怎么想。你不是想当职业作家吗？"

"可是这……"她低下头，痛苦地喃喃道，"可、我也是这样的啊。"

我一时没明白成濑的意思，瞅了眼她的手。刚才紧紧握笔的手已经松开了，可并没有搁下它，相反还用双手把它拢了起来，她说："我就很没有自信，自以为理解别人，却伤了别人，这种事很多。"

嗯，我明白，成濑。

我们总是失败，老做错选择。

我也不懂别人的心，也很多次伤害到别人。今后也仍然会。

如果想好好刻画一个人，如果小说真能励志，那必定要描写他们的错误和丑态。所以我经常让主人公犯错，描写他们失败、受挫、受伤，然后从中学会更坚强地生活。所以我才会傻傻地想通过自己的创作激励那些不断犯错、不断受伤的人。

可是小说并不能励志。去激励读者直面现实？读者不喜欢那样的主人公，主人公必须带给读者幻想。那些失败的、犯错的形象只会叫读者反感。

主人公不能失败。

就跟人生一样，不能失败，必须讨大家的喜欢，否则一失足成千古恨，没法雪耻报仇，也决计无法从头再来。正如他们告诉我，一旦读者不买账，这辈子就完了……

"主人公的行为无法理解，言行太过幼稚，不认同，看了三十二页就放弃了""男主角不懂得女生的心，差评""主人公就是个没用的狗屎""主人公太没用了，不好看。老自以为是，伤害到别人，真是第一次看到这么讨厌的人""太磨蹭了，果断放弃""强烈不推荐"……

我不想让成濑也跟我一样。

可是我……

泪珠从成濑愕然的双眼中滴了下来。

"哎，别……"我看着默默流泪的她，不知怎么办才好。

我把她说哭了，伤了她。

我又搞砸了。

"哎，不是的，我不是想批评你的作品。你写的这个故事也是成立的，只是……只是这样的作品最好等到你走红以后再写。"

成濑轻轻地摇了摇头，她用手背擦了擦眼泪，说："不，我……我很不讨人喜欢，总招人嫌弃。那么，这种人就不能成为主角了？就不被认可了吗？我想到这个……"

"这……"

她抽泣着，不停地用手背抹自己的脸，肩膀上下起伏。我紧张地看着她。

"我觉得，每个人都有故事，不管是谁，都有故事……所以，我觉得任何人都能成为主人公……我希望这样……我是这么想的。"

每个人都有故事。

任何人都能成为主人公。

真的吗？

也许吧。

可……，可是这种作品，卖不出去的。

静静的活动室里,只听见伤心的抽泣声。

一声脆响。

小余绫诗止啪地把正看的入门书拍在桌上,站了起来。

窗外照进来的阳光洒满她的全身,她看着我,既不生气也没有挑衅,只是下定决心了似的,直愣愣地盯着我。

"咱们赌一把。"

这话说得太突然了,突然得叫我发懵。

"如果我赢了,主人公就原封不动,要是我输了,就按你说的改。"

"什么意思?这么突然。"我看见小余绫眼里有一团奇怪的火焰。我懂了,她不是指成濑小说中的主人公。

是她那天还没有答复我的事。

她是在拿我们那部小说中的主人公做赌注。

"打赌?怎么打?"我惴惴地问,小余绫却嫣然一笑,嬉皮笑脸地说:"这不是明摆着的吗?打羽毛球。"

*

我的每一个细胞都被刺激得无比焦躁。

球网那头仿佛另一番天地。

一身运动服的小余绫站在场中,她握着球拍,试了试弹性，又挥了几下。站在她身边的是一个叫中口的女生，在班上跟她关系不错。两人交谈了几句，中口便把一瓶运动饮料递给小余绫。小余绫装得像猫一样温顺，感激地笑了笑，把瓶子凑到嘴边，中口还怪难为情的。

我也轻轻地握住球拍，长长地吐出一口气。当我把目光投向场外时，才发现周围已经站满了观众。班上的女生们高声叫着小余绫的名字。围观的女生很多，男生也不少，好像各个年级的学生都被我们的这场比赛吸引过来了。

"他们都是从哪里得到消息的啊？"

有关美女转学生和平庸小男生之间的一场羽毛球较量，仅在小余绫向我宣战的第二天，就被九里和古宫弄成了校园里的一场大赛。就连只见过几面的新闻部部长和背着大相机的摄影部同学也到场了，简直不可思议。据说要了解一个学校的学生到底有多喜欢凑热闹，那只要看看校风和学校活动，就能立见分晓。

站在球场上的小余绫集中了太多的声援和视线，光芒四射。

在场的人当然不会注意我。

"根本不在状态啊。"偶尔也能感觉到有人在看我，可是一听见他们在议论那小子是谁、干吗要跟小余绫打赌的时候，我就恨不得钻进地缝里去。

"好像在追小余绫吧。"

"啊，真的吗？天哪。"

"听说要是输了的话，就不许再在小余绫半径一百米的范围出现。"

喂，那我不就不能进教室了吗？我不上学了啊？

小余绫让中口退场，自己拿着球拍站在场地中央。

她穿着雪白滚红边的运动服，体态苗条身姿玲珑。

她挺胸抬头地站着，那对山丘的优美曲线叫人很自然地浮想联翩。我不由得咽了一下口水。没错，在场的所有男生一定都是冲着这个来的。她从红色短裤中露出的两条腿，又是那么修长，叫人心烦意乱。

我可不能输。

即使围观的人不知道我们在赌什么，但这场比赛我跟小余绫都不能让步。

我赢了就能修改主人公的人设，我输了就得照原样写。

那样绝对卖不出去。

一定会被大量退货，被读者批判，没法加印。"对不起，千谷君。"那个熟悉的声音又将响起："这次的销量也不好，下次不出了。如果你还有什么新的题材，就把主人公设计得阳光一点。最好是有担当、长得帅又让人羡慕的那种，让厌倦现实生活的读者能轻松阅读，这样可能还有机会。"

我必须赢。

我不想毁了这本书。

周围已经不喧闹了。

站在场边的羽毛球队队长晃动着她的马尾辫，用大嗓门广播似的跟大家解释这次比赛的宗旨。

"所以说呢，今天参加比赛的都是初学者，就一局分胜负吧。中途暂停一分钟喝喝水，大家都别倒下了。裁判就由我，不才的羽毛球队队长古宫优子担任。对了，羽毛球队还在招收队员，如果有同学感兴趣，请跟我们联系，不要客气啊。"队长说完张开双手，场上响起几声稀稀拉拉的掌声。队长满意地点了点头。

我们猜拳决定发球权，小余绫赢了，她先发球，我站在右边的底线处。

小余绫透过球网看着我，大方地笑了："有信心吗？"

"开什么玩笑。我初中时可是打过一年羽毛球的，怎么可能输给刚拿球拍的家伙。"

"哦？采风那次你不是输得很惨吗？"

"那个，我是手下留情了。"

而且当时跟我搭档的是成濑那个运动白痴。

小余绫哼了一声，缓缓地把球拍朝我伸了伸。像宣布要打本垒打的击球手似的。

"你弄个故事我看看。"从她粉色的双唇间吐出这样一句话。

什么意思？

"右侧，小余绫，文艺部；左侧，千谷，文艺部。小余绫先发球，比赛开始。"

队长吐出一长串咒语似的复杂词组，比赛开始了。

小余绫挥拍把球送了过来，她发球很稳，完全不像是初学，球直直地擦着球网飞到了前场。这是我比较不擅长的反手区，我赶忙翻过手腕去接，用力过猛，球拍把球弹到高处，画出一道抛物线。我心想不好，可已经迟了，一个头顶扣杀！小余绫敏捷地钻到缓缓落下的球底下，猛地一扣，空气中传来一个清脆的爆裂声，球到了我的身后。

"一比零。"队长嗓门特别大。

"小余绫得了一分，她是说一比零，现在一比零啊。"顿时全场欢声雷动，夹杂着叫小余绫加油的喊声。

我用球拍挑起羽毛球朝小余绫掷去。她单手接过球，大大方方地笑了："很轻松就能赢你哦。"

"不是你才得一分吗？"

又是小余绫发球，她还是刚才那个路子，球打在前发球区，如果她故意这么打，就太可恶了。遇到初学者肯定不会去接的，但我朝前跑了几步，跳着打了一个正手球。可球刚飞出去，就被小余绫迅速地接住并漂亮地挡了回来。距离有点远，我赶紧追过去，在刚能接着的地方猛地挥了一拍。然而球拍什么都没打到，我打空了，羽毛球狠心地落在了地上。

"二比零。"

场上又是一阵欢呼。

"真棒。"不知道谁喊了一句。

"小余绫诗止好厉害。"

阳光世界里的她，总是炙热地灼烧着我。

她让我无法呼吸、饥渴焦躁，并嘲笑我的一无所有。

然而比赛仍在进行。我追着她大力的扣杀到处跑，虽然中途好不容易得了一分，可后面连续的几个来回我稍一疏忽，就听见清脆的扣杀声朝我袭来，我没能连续得分。

"换发球，四比一。"

我一边捡球一边看了看球网那头。小余绫在用手背擦额头上的汗。大部分的人都在给她助威，声势浩大。她真的是特别适合当女主角的那种人。可我呢？柔弱的我在场上跑了几个来回，早已气喘吁吁，却只得了一分。赢不了的。像我这种活在暗处的人，哪有什么出头的机会。

无论什么时候，我都是……

不行，我不想了，我轻轻甩了甩头，调整好呼吸。

我真觉得自己很讨厌。总是这么轻易放弃，难怪当不了主角。故事里的主角，都不会放弃，一往无前。我学不来，一点也学不来。

我跑起来，拼命接起小余绫的发球。球弹得很高，她凌空一跃，把球又打了回来。我对她这一反击几乎是条件反射地挡了回去。球被推着飞出去，掉在了对方的网下。

"换发球，二比七。"

总算又得了一分，还差五分。

可我不能放松。球网对面，小余绫正在看我，脸上挂着优雅的笑容。我把球发过去，连打了两个后，她口中吹出一口气，跳了起来。紧接着又是一声清脆的响声。她迅速打出了漂亮的扣杀，动作丝毫不输给羽毛球队的队员。

"换发球，八比二。"

她不是说以前没打过羽毛球吗？撒谎也得有个度嘛。

奔，跑，追，挥拍，挡，接。追不上，接，够不上……我呼呼地喘着气，不断向前移动，继续拉锯。欢呼，加油。我被这激烈的场面搞得焦躁不安。

我从小就没什么特长。小学时，个子最矮，每次排队都一个人双手叉腰站在排头。为什么就我一个人跟别人不一样？只要老师一不注意，身后的同学们就开始窃窃私语，只有我站在最前面，得始终保持叉腰的姿势。所以我总觉得自己是从那时候起就被下了咒语，没法跟同学说话，也永远打不进热闹的朋友圈。

我羡慕那些有所长的人，他们身边总有追随者。他们有流行的游戏、漫画，会快活地跟别人大声聊天，他们不用察言观色也能与人交谈，他们不需要任何道具就能吸引别人的注意。这些轻易就能聚集人气的本领叫我好生羡慕。

不管我怎么跑、怎么追、怎么一次又一次挥动球拍，我还是那个阴郁的人。

我是总在爸爸书房中读着艰涩小说的怪孩子。班上的同学都在热烈地讨论电视节目，我却一直跟电脑说话。我在搜索引擎上输入不懂的关键字，就像别人跟朋友询问昨天的情况、打听彼此的消息那样，我一个劲地往搜索引擎输入字符。不懂的、不知道的、不认识的字，我都学会了。我第一次写小说时才读小学四年级。

我到现在都很后悔。

有那个闲工夫写小说，为什么不跟大伙儿聊天？我想成为他们中的一员。把我也带进阳光世界里去吧，让我跟你们一起玩儿。然而，同时我又觉得，像我这样天生阴暗的性格，即便在那个世界里晒太阳，也一定会写小说的。

为什么我会写小说呢？为什么？

我保证不再踏进那个世界了，就像渴望人类世界的吸血鬼故事一样，我生来就是另类。

"前辈，加油啊。"场外传来一声响亮的助威。

我伸出球拍去接对方的球，没接到，球落在我身后，小余绫又得了一分。

我朝助威声发出的方向看去，是成濑，她在看我。

"十一比四。暂停。"

我走到场外去擦汗。这时成濑起身向我走来："前辈，没事，还有机会。"她说着递给我一瓶运动饮料，我本能地接了过来。

"不，不一定，她太厉害了。对了，你为什么帮我？"

"可不是我一个人哦。"成濑说着，转过身。我看到站在后边的九里，永远面无表情的他只冲我点了点头。

"哦，谢谢。"我喝了一点水，把瓶子还给她。她用两只手接过去。

"那个，我不太清楚你们两个到底在赌什么，"成濑看着手里的塑料瓶说，"开始我还以为是为我书里的主人公,不过,应该不是吧。"

"啊……"我解释不清楚,挠了挠头。

"那我也……"成濑突然抬起头看着我,刘海轻轻一动,"我读过前辈登在部刊上的所有作品。"成濑眼神诚恳。

"我觉得,要说代入感的话,前辈才是故事的主角。"

我一愣,一时不懂她的意思。

"时间到,赶快回来。不然就取消比赛资格了。"古宫队长挥了挥手示意我赶紧上场。

我重新站在球场上。

小余绫不慌不忙,心平气和地站在场上。

让我做主角的小说。

我深深地叹了口气。

我哪有什么故事。没人会把我写进小说,也没人愿意去读。编辑也不会同意的。也许能编进写作的反面教材吧。因为我这个小人物太一无是处,空洞,没有情节,阴暗又平凡。

球网的对面才够绚烂。

那是人们所喜爱的、让读者向往和引发共鸣的世界。

不过,即使无人问津,我还是我,活生生地在这里。

奔,跑,打,挡,追,送。

我气喘吁吁，上蹿下跳，追赶着羽毛球。

失去一分，又失去一分，尽管如此，我仍奋力扣杀，去抢比分。

故事的主角。

如果可以，我也想过要当主角。

可是没能实现。一旦读者不喜欢就结束了。一旦失败就全完了。离开了读者，便不再有小说。不加印，书就只好堆在仓库里，没人看。这就等于不被社会、不被世界接受，就跟受打击、被唾骂、被厌恶、被排斥一个样。

"可是我还活着。"失败算什么！伤心算什么！虽然我痛苦、难过、悲伤，一无是处，没有读者喜欢，只是一个优柔寡断的人，我仍努力地活着。

这样不行吗？为什么我不能当主角？大家为什么要放弃我？说不需要、讨厌我了？

我好后悔、痛苦、悲伤，我火冒三丈。

"你就永远不会失败吗？"我大叫着，挥舞着球拍。

"你就能完全理解别人的心情吗？"我大叫着，把球击落。

"你就从来没有后悔过？"我在场地上奔跑着，鞋底擦在地板上，发出阵阵悲鸣。

"谁一生下来就这么完美？"我在朝谁发火？对阳光世界里的她吗？还是那些讨厌我小说主人公的

读者？不知道。可是我仍在喊叫，语无伦次，支离破碎，可是我还要大声呼喊。

主人公一无是处又怎么样！

"你不服气，就证明给我看啊。"球网那头小余绫跳了起来，其实她并没有说话。我就像在编一部小说，被我创造出来的人物自然在进行对话，而我编出的小余绫正凶巴巴地向我怒吼。

"你不服气，就证明给我看啊。用你的小说，你创作的小说，证明给我看吧。"

我做过。

到目前为止，我一直都在这么做。

不止一次地努力过，可都没用，一直不受欢迎。

"我不想再失败了。"我在场上跑着，击打着羽毛球。

"不，只是你厌烦了你自己。因为被人嫌弃是痛苦的，所以你让自己讨厌自己，所以……"

所以，我不打算写小说了。

小余绫在球网那一侧跳跃着，大力扣杀。

我却叹息着，痛苦地流泪，沿着预计的羽毛球轨迹，挥舞球拍。羽毛球撞在拍子上弹回小余绫那边，她一疏忽，没接住。

"换发球，十六比十七。"

我这才发现比分已经如此接近。

欢呼声将场面推向了高潮。我听见为小余绫加油的女生尖叫的声音，还有成濑的声音。听到这些声音，我不禁产生了一种错觉，以为自己置身在灿烂的光环中。

小余绫喘着粗气，用手背擦了擦汗："你也挺拼的啊。"

"必须的，"我也气喘吁吁地答道，"怎么能输给一个新手？"

"你也不过就打了一年，"说着，小余绫笑出了声，"不过，比赛还真得这样才带劲。"

"拼了，保证赢你。"

"别说大话，再加一条，输的得请赢的吃蛋糕。"

"正合我意。"

小余绫接起我发的球，退到后场。

我感到浑身发热，呼吸急促，平时没用的肌肉都被调动了起来。体育馆里原本是照不到太阳的，这时却仿佛充满了阳光。到了这个分上我无论如何都要赢。我感觉自己干渴的唇边泛起了动物的狞笑。而站在球网对面的小余绫手握球拍，也在信心十足地朝我微笑。

*

风吹在身上好舒服。

为了平复一下兴奋的身体，我走出体育馆，在水龙头边的台阶上坐了下来，拿过成濑递来的毛巾擦了擦额头上的汗，长长地出了一口气。比赛打得难解难分。小余绫的球准确而有力，就是招数比较固定，这也是为什么后半场我能把比分追上来的缘故。

"前辈，祝贺你，赢了呢。"成濑弓着身子看着我说。

"赢了呢。你很意外？"

"不，我不是这个意思。"她急着解释的样子很有趣，我不禁笑了出来。

这时，穿着运动服的小余绫从体育馆走了出来。她黑色的长发还绑着发圈，梳成一个马尾辫。我呆呆地看着她朝水池走去，发梢摇动，体态轻盈。

她用自来水洗了洗脸。水龙头流出的水，变成了亮晶晶的水滴，沾在她红润的脸颊和散落的发丝上。她抬起头，很舒坦地伸了个懒腰。

"嗯，好爽。人还是需要不时畅快地运动一下。"她拿起搭在肩上的毛巾擦了擦脸，朝我走来。

"前辈，就差了那么一点点呢。"小余绫听成濑这么说，笑了。

"是啊。不过后来我体力跟不上了。没想到他的身体比看上去好很多。"她拿眼瞟了下我。

"哦，我每天打工，体力肯定比你强。"

"不过，还是蛮开心的。"小余绫莞尔一笑。她的刘海上还沾着水珠,一闪一闪的。大概她光洁的脸蛋太漂亮了,我竟看得呆住了。

小余绫到我身边坐下,我一紧张就找了句话说:"开心?输了还高兴?"

"嗯,很开心,"她望着蔚蓝的天空,"你呢?"

"嗯,"我想着刚才的比赛,笑了,"很开心啊。"

后半场,我们的比分咬得很紧,痛快得差不多都忘了自己是在比赛。

"我也特别开心,好久没有这么开心了。要不是你跟我说,我都不可能有这种体验的。"她太光彩照人了。

我不敢继续盯着她,赶紧低头去看自己的影子。不知怎么的,我想到一个画面——在夕阳映照的活动室里,小余绫寂寥地看着桌子,似乎在想象一个光辉灿烂的世界。她垂下了两排好看的长眼睫毛。

成濑问,如果采风不重要,为什么要建议小余绫去采风呢?我很难堪,没法回答她,其实答案很简单。当初我被九里邀去采风时,就特别期待,也特别开心,所以我想跟她分享。

或许,因为那是个阳光的世界。

生活在其间的她,也愿意憧憬一下光明。

"你提出一起去采风的时候,我好开心。很高兴你会叫上我。"听到这话,我突然抬起头。

她缓缓地侧过脸,注视着我的眼睛说:"我觉得你能这样帮我，你身上一定有故事。"

为了让我听得清楚些，她微微朝我身边凑了凑。离得太近，我敏感地觉察出她汗涔涔的身体，这叫我有些激动，我双颊发烫却并非运动后出了汗，而是其他缘故。小余绫粉色的嘴唇挂着甜甜的微笑："所以我想看你写的小说。

"还有，谢谢你叫上了我。"

我敛声息气，垂下视线。

任何人都有故事。成濑说她希望如此。我讨厌自己——这么卑微，常常失败，永远长不大，我讨厌这样空洞的自己。正因为连我自己都不喜欢，读者当然也不会喜欢我塑造的人物。

那逃开它、忘记它就容易多了吧。尝试写一些令人向往的形象、人见人爱的角色，更容易一些吧。

然而，正因为如此，兴许我才不该脱离我这类的人物。

我还得继续写。如果我也有故事的话，如果能让我负责整个故事的话，哪怕就一次……

我缓缓地站了起来，对一脸疑惑地看着我的小余绫说："我不打算修改主人公的人设了，你别误会，你请我吃蛋糕好了。"

小余绫莞尔一笑，立刻同意了。

我回去以后，一定会马上坐到爸爸用过的那张桌子前，长久地盯着电脑上空白的屏幕，去思考如何描写这个一无是处的主人公。

主人公是一个不知好歹的、胆小的、不懂别人心情的、常常失败的人。他跟我太像了。只有我能把他写出来。如果有人想看的话,那他们一定也是天天咬紧牙关、忍着眼泪苦苦生活的人,就跟我,跟主人公一样。

任何人都有故事。即使很空洞,我也要写,用胸中喷涌的眼泪浸湿笔尖去创作一个故事。因为不管多么丑陋,只要还有激情,我就能一直写下去。

不够坚强也没关系。

失败也好,不受欢迎也好,就算一次又一次遭受打击,我也一定要写下去。我要告诉翻书的读者,你也可以成为故事的主角。

第四章　故事结束了

纱窗开着，我听到窗外虫鸣阵阵。

我不再码字，深深地陷进椅子里。六月的天真闷，汗水从额上流了下来。我看了看钟，已经快十二点了。这么说我已经专心地写了两个小时。我从椅子上站起来，一边思考接下来该写些什么，一边开始清洁浴缸。妈妈上班去了，要明天回来，所以今晚只有我会去用浴缸。虽然这有点费水和煤气，但浴缸之于我就像一个灵感的宝藏。我常常边洗澡边任由思绪在小说里驰骋，一些意想不到的情节和感人的句子偶尔就会冒出来。

现在我手头正在弄第三话的中间部分，主人公发现了有助于她推理的重要线索，之后她便要在结论上费一番功夫，可以说这一场是第三话中最精彩的一个部分。

好久没打羽毛球，我把这次较量带来的感受都写进了小说。准保小余绫读后大吃一惊。不过接下来怎么写，有点伤脑筋。如果写不好，恐怕读者就体会不到出场人物心里的苦恼。应该还有更贴切的写法、更精彩的台词，我必须想出来。

因为临近期中考试，我和小余绫的工作进度都受到了影响。可是出版社那边的计划并没有停止，前两天碰头时，河野向我们传达了公司的一些重要意向：她所属的部门共同参与开发了一个新水准文库的项目，打算在刊发第三季时，收入我们的作品。

"考虑到发行时间和校对所需要的时间，你们必须在学校进入期末考试，也就是七月初，把完成的原稿交上来。时间上有些紧，不过我还是希望你俩可以试一下。"

听河野的意思，她觉得我写第二话时速度比预计的快，所以立刻跟部长申请，让我们加入这个新项目。如果能参与到新水准第三季，那肯定会成热点，发行量也就有了保证。这确实是一次绝佳的机会。虽然日程上有些紧，我和小余绫还是爽快地答应了。不过，当我看完给我们的新水准企划书时，便向小余绫提出了几个我感觉有些意外的问题。

"总的看来，他们是要把所有的发行作品都弄成一个系列，那我们这本是不是今后也要做成系列？"

小余绫也看了一遍企划书，她仰起脸，点了点头："嗯，一开始河野小姐就是这样跟我说的。她说，接下来该看看不动诗止写的系列了。"

"千谷君你也一样，诗止至今都还只是写单行本。"

原来如此，我暗自点了点头。我跟不动诗止都没写过系列，每部作品都是单独的。以前我在工作中也听到过类似的意见。现在的读者更希望读到作者的系列作品而不是单独的一本。你怎么不写个系列呢？小余绫听见我问，耸了耸肩，满不在乎地说："我每个故事写一本，结果主人公都过上了幸福的生活，没法再继续了嘛。"

她的意思就是不能画蛇添足。这做法倒跟我很像，我对她产生了一种奇妙的亲近感。

"我没意见，你呢？"小余绫听我这么问，又看了一眼企划书，点了点头："是啊，这次的作品每完成一部分，我对出场人物的好感就增加几分。正想说如果能这样不断地滚下去，弄个系列倒也不坏呢。"说着，她看了一眼坐在边上的我，笑着问道："对了，你没写过系列？"

"我……"

等我洗完澡回到房间，就听见放在桌上的手机响了。我有点纳闷，看了一眼，来电显示是小余绫诗止。我吓了一跳，以前她可从没给我打过电话。我倒是为小说的事找过她几次。

"喂？"我小心翼翼地接起电话。

"千谷君！"电话那头传来她激动的声音，继续说道，"那个，我已经把第四话想好了。"

"啊？"

她的语调又高又柔，像飞在天上的羽毛。跟她平时冷冰冰，不把人放在眼里的傲慢完全不同。难道借助电波，一个人的声音就能变得这么温和可爱吗？

"这次绝对是杰作，虽然有点像自夸，不过真的很好，不枉我苦思冥想了这么久，啊，对了，我现在就去你那里。"

我愣愣地听着她那一番连珠炮。

"现在？什么？已经半夜了啊。"

"我想早点讲给你听啊，我专门要跑去告诉你啊，你且高兴吧。对了，到车站来接我，再见。"

她不等我回答就挂了电话。

"搞什么？"她是说要来我这儿的车站吗？已经这么晚了。紧接着我就收到一条只有四个数字的短信，是时间，她应该半小时后就能到车站。

小余绫虽是转学生，期中考试却稳稳地拿了个全年级第一，得到了全班同学的交口称赞。不知道是不是为了准备考试，她在第四话的情节上下了大力气，昨天在文艺部活动室，她也一直苦苦思索。谁跟她说话，她就跟野兽似的大喊大叫，恶狠狠地瞪着人家，所以谁都没法跟她商量。大概她已经把难题解决了，所以现在心情特别好，好得迫不及待地想跟人分享。我特别理解她的这种情绪。一部小说完成后，总是特别想给人看，然后听听别人的感想。别看她是个高冷的畅销书作家，在这一点上还是蛮可爱的。

这时，窗外响起了隆隆的雷声，风把雨点吹进纱窗，转眼间就大雨倾盆了。我赶紧关了窗，拿上两把伞出了家门。这两天天气变化频繁，时不时会有暴雨，看来夏天已经到了。不知小余绫出门时有没有带伞……

结果，小余绫站在车站改札口外，浑身淋成了落汤鸡。

她穿着夏天穿的薄衬衫，下身是小碎花的短裙。不过，她头上那顶白色的报童帽因为淋了雨颜色变得很深。斜打过来的雨水弄湿了她的裙子，露出的雪白小腿就像刚洗好的水果一样沾着水珠。而她的衬衫也因为淋雨，透出一大片柔软的皮肤，连里面穿的背心线条也清晰可见。透过沾了细细雨珠的宽边黑框眼镜，她怒气冲冲地瞪着我。

"别乱看。"

从帽子里散落出来的头发贴在淋湿的脸颊上，她双手抱着身子，瑟瑟发抖。

"没有，哦，没事吧？"

"没事，"小余绫垂下眼帘，"快，找个店进去。"

"可是……"不管怎么看，她都湿得够呛，她就一直这么在电车里吹冷气的吗？肯定冻坏了。

"想笑话就笑吧。"小余绫拿出一块很小的手帕擦着身体。

现在就算进了商店，店里也有冷气，反而更冷。

我犹豫了片刻。我总是很难下决心，优柔寡断

129

得叫人讨厌。

改札口前人很多,有些也淋到雨的人哀叹地往外走。车站前面的环路上停满了来接人的汽车。

没办法。我知道自己将来肯定会被恨死,可即便如此也好过让她感冒。

"到我家去。"我递过一把伞说。

"你家?"小余绫不再逞强,她的脸色不好。

"十分钟就到了。去洗个澡,否则要生病的。"

我的比喻可能不太恰当,现在小余绫看我的眼神就像放在纸箱里的弃猫。其实我从来没见过弃猫,只是看到她就联想到了。不料她并没有反对,只是有气无力地接过我递给她的伞。

*

小余绫站在玄关那儿没动,我扔了条毛巾给她:"先擦擦脚,进来吧。"

"打扰了。"小余绫嘟囔了一句。她弯下腰去擦脚,我看见她浑圆的肩膀从湿透的衣衫中露了出来,不禁呼吸急促。我忙背过脸去,做了个深呼吸。

我带她去浴室,猛然想起应该先告诉她另一个地方,就转了个身:"先带你去我妹妹屋里吧。"

"为啥?"

"你总得换衣服吧。你去拿,总之……你洗澡的时候,我把换洗衣服拿去浴室的话,反正,就是很麻烦啦。"我说得结结巴巴，小余绫轻轻哼了一声，也许在笑，她跟在我后面，我看不到她的表情。

"你先挑两件换洗衣服。"我推开妹妹的房门，打开灯。这间屋子几乎没怎么用过，不过倒还整洁。屋里摆着妹妹小学时用的一些东西，都放在书桌和小床上，当时她还很健康活泼。我指着衣橱："这里边都是出门穿的衣服，你应该合适。至于睡衣和家居服，有的带到医院去了，有的在洗衣机里。"

"可是你妹妹会不会不高兴？"

"那穿我的？"

"死也不要。"她脱口而出。

"那就穿我妹妹的。有些她都没怎么穿过，跟新的差不多。如果是让不动诗止穿了，她一定高兴死了。"

当然我还可以把妈妈的衣服借给她，只是这很容易穿帮，后果可想而知。

"我的房间在那边，有事就叫我。去泡暖和点吧。"小余绫抱着一堆换洗衣服，我把她推进了浴室，自己则去了厨房。我倒了一杯牛奶，一口气灌了下去，浑身汗津津的。

我长长吐出一口气。

家里还从来没有进过外人呢，而且还是跟我年纪相仿的超级美女，加上……

浴室的门响了一下，紧接着就没声音了，过后我听见热水放进塑料盆里的声音。我一只手拿着牛奶杯,轻轻闭上了眼睛。真没想到,这种时候我的小说才能竟然有了用武之地,我的脑海里浮现出清晰的影像——小余绫裸露着洁白的身体,很不情愿地悄声走进浴室。她用发圈把黑色的长发束起来,露出湿漉漉的脖颈……

我甩了甩头,回到自己屋里,坐在椅子上,闭着眼睛待了一会儿。工作,得干活,别想那些没用的。快别想了。

"我应该能当个情色作家。"为了不再继续乱想,我自我解嘲地边说边笑,否则根本停不下来。

我拼命地写。尽管精力老不集中,可为了分散注意力也只能往下写。我知道自己的文章很烂,一句一句净是废话,可我还是只能不断地敲着键盘,只有这样我才能安下心来。

坚持,坚持,坚持往下写。时间不知不觉过去了。

突然房门开了,我吓得从椅子上站了起来。小余绫走了进来。她个子很高,纤细的上身穿着一件绿色小花的背心,肩膀都露在外边,两条光溜溜的长腿也伸在短裤外面。她一边拿浴巾擦头发,一边羞涩地瞪了我一眼:"别看我,你不是在干活吗?"

我跟金鱼似的张了张嘴,终于还是没有说话。我赶紧转头看向电脑,把手搁在键盘上。她从我身边经过，洗发水的淡淡香味沁人，简直要把我融化了。我平时用的也是这瓶洗发水，为什么现在这么好闻？小余绫在我身后的床沿上坐了下来，席梦思的弹簧嘎吱响了一下。

"电吹风在哪儿？"

"嗯，好像就这里吧。"我条件反射地回过头，指了指自己的床边。我差点又要窒息了。

小余绫在找电吹风，她弓着腰，薄薄的背心在前胸形成一个空洞，我瞥见了她悬垂着的丰满雪白的乳房和胸罩上的蕾丝绲边。背心的肩带歪了，很清晰地露出了胸罩的搭扣。小余绫狠狠地瞪了我一眼，用食指把肩带拉好，说："好好干活。"

"对不起。"我去敲键盘。可是一句话也没写出来，只噼里啪啦地打出一些假名和没有意思的字符。

"那什么，哦，不，你干吗穿成这样？"她身上这件背心应该是她之前穿在衬衫里面的那件，我记得从湿衣服里看见它透出来的花色。

"太热了嘛。衣服会粘在身上。而且刚洗完澡，有什么要紧？只要你那双猥琐的眼睛别往我这看就没事。"不等我回答，电吹风的声音就呜呜地响了起来。

这也真是的。到底算什么嘛！一个刚洗过澡的薄衣少女在我身后吹头发。我在写轻小说吗？太不真实了。小说之神是不是该学习一下写实？还是说叫我写作的神仙，他经常会遭遇吹头发的半裸美少女？我的神啊。

我连着打了几个删除键，听着电吹风的噪声，勉为其难地在电脑上写着台词。幸好电吹风的声音并不让我讨厌。相对衣服摩擦的声音和细微的呼吸声来说，它简直太健康了。

"喂，我能把客厅里的椅子搬过来吗？"

我刚集中起精神，电吹风已经好一会儿没有响了。

停下正在写的高潮部分，我没回头，光问了一句："椅子？要椅子干吗？"

"监督你。"我还没来得及阻止，小余绫已经把椅子从客厅里搬了进来。她每次走过，身上的香味都会刺激到我。她把椅子放在我旁边，坐下来探头朝我桌上看。她盯着屏幕上我写的东西看了半天。我紧张地咽了一口唾沫，偷偷瞟了一眼，只见她柔软的脸颊红彤彤的。

"真不错，"她小声称赞，"已经写到高潮部分了嘛。"

"啊，嗯。"我不时瞟她一眼。她正认真地读着屏幕上的那些文字。我用的是类似文库本的排版方式，屏幕上摆了两页。由于没全写完，实际上只有一页半。她微微倾过身，弓着背，一句一句地往下读。我咽了一口唾沫，仔细地端详着她雪白的锁骨。

我被甜甜的香味刺激得快受不了了。

"你翻一下。"她瞪着我，我有点胆怯，可能惹恼她了。我好不容易把手放到键盘上，头脑里却一片空白。这考验太强大了吧。

"快，继续，继续往下写啊。"

"你这样，我怎么专心啊？"

"没事，我就只看着嘛。"这话好耳熟，只见她把手撑在桌上托起了腮帮。小余绫就像一个家庭教师那样，盯着我做作业。

"快写啊。已经到高潮部分了啊。"她催促着，嘴唇恢复了健康的粉红色。我这才放下心，刚才浑身湿透的她，嘴唇都冻紫了，眼看就要晕倒了。

"身体没事吧？"

"托你的福，"小余绫不解地抬头看了我一眼，随后难为情地垂下了眼帘，"谢谢，刚才真的冻死了，真的……"

"感冒就讨厌了，"我回过头望着屏幕说，"到时候稿子就得往后推，截稿日期都快到了。"

她轻声表示同意："是啊。"

话音一落我就敲起了键盘。只是她在旁边，我总是很紧张，写不出像样的东西。

"写不下去了？"

"啊……"

虽然小余绫得为此负一半责任，但我也确实编不下去了。

"你在这里，稍微收一下，"小余绫突然说，她伸出手，指着页面上的一行字，"先把这些删了，然后控制一下情绪。"

"控制情绪？"

"这部分情感要爆发，是让读者动心的一段。如果直接狂风暴雨地写出来，我觉得不太妥。最好能收敛一点，控制住，让气氛一点点冷下去，再淡淡地加几句心理描写比较好。你别老换行，把时间放慢，让主人公把感受从气味、声音上一点点转到记忆中去。收紧了，直到最关键一刻，懂吗？"

小余绫说着，我被她与小说真诚对话的眼神一下子击中了。

"明白，不过能行吗？"

"没事，这方面你很拿手。"

不觉间我又敲起了键盘。我几乎都没听见键盘发出声音，就这么一直往下写。我想象着故事里的情景，感受着那冰冷的气氛，积蓄已久的感情即将爆发前的寂静，收紧、再收紧……

"就这里，爆发。"我没听见小余绫说话。

我并非在遵照她的指令，她也并非在向我发指令。文章写到这里必然要爆发。我猛烈地敲着键盘，一句接着一句。出场人物的呼喊，发自内心的悲痛，都在故事发生的体育馆里回荡。人物的情绪影响着故事的发展。当然，我偶尔也会接不下去。不过现在小余绫就在我身边。

"这种情况她会怎么说？"

"你觉得呢？"

"当然是生气，可是她表情会怎么样？会说些什么呢？"

"应该有很强烈的嫉妒在里面，和男生比起来，女生对背叛更不甘。"

我能接下去了，速度越来越快。

"等一下，这个段落正好反了。"

"反了？什么意思？"

"台词多了。这里写完无声的痛苦就马上结束掉，这样下一场就容易接了，不是吗？你看，这句话就在对比。"

"哦，是。不过读者能懂吗？叙述会不会少了点？"

"不会啦，相信你写的故事吧。"

我思考了片刻，也赞同她的建议，就又把手放到了键盘上。

写着写着，小余绫突然笑了："你说谁会这样看人家写小说啊？我真是头一次。"

没错。除非是像我这样，天生有个不卖座的作家爸爸。

"虽然这很平常，不过，小说就是这么一幕一幕写出来的。"

我瞥了一眼她的侧面。

如此平常的一件事，小余绫却认为很重要似的，很津津乐道。

*

第三话写完，已经是深夜十二点以后了。

我靠在椅背上，长长地舒了一口气。因为小余绫说即刻要看，我便把稿子打印出来，打印机吱吱嘎嘎地响着。这时我猛然想起一桩重要的事情，霍地站了起来："喂，已经十二点多了啊。"

小余绫正大大方方地躺在我的床上，翻看着从书架上抽出来的漫画。她抬头瞟了我一眼，深深地叹了口气。

"你怎么还有这闲心？没电车了啊。"

"是啊。我真是做了件傻事，"她放下漫画，撑着额头，懊恼道，"早就错过了吧，最后一班。"

我们俩赶紧往电车时刻查询软件输进车站名，糟了。

"怎么办？"

"什么怎么办？"小余绫在我的床上翻了个身，板起面孔说，"难道你想把一个女孩子赶到大雨里去？虽然我并不情愿，但是，如果能让我在这待到早晨，我会很感谢的。就是你父母会不会发现呢？"

她还打算躲起来吗？当自己是在写青春小说呢！

"这么小的房子，怎么可能藏得住？不过，我妈今晚不回来，老爸已经去地狱写小说了。"

"你妈妈是做什么的？"

"在出版社。"

"哦。"她相信了。

说实话，在出版社工作的人一般几点回家呢？有时候半夜三点给他们发邮件，也立即就能得到回复。

"不过我妈那家不是文艺类的，连我都没听说过的小出版社，非常不起眼。不过你家里要不要紧？"

小余绫怎么看都像是有钱人家的大小姐，虽然个性古怪，教养还是不错的。这么宝贝的女儿大半夜不回家，家里不得担心吗？

"没事，我一个人住，"小余绫很轻松地答道，"你不必担心我家里。"

"一个人住？哇，厉害，这是在写轻小说的意思吗？"

"人设太假了。"她似乎很欣赏我这句嘲讽，说完自己笑了起来。

*

"写得太好了，沉闷中痛苦和悲伤都出来了，后面越深入表现得就越好……我喜欢这段。看，这里，这部分，第三话的题材全都活灵活现的。"我没料到小余绫看完第三话后会这么激动,她平时发短信给我时,都只有短短的几个字,真是出乎我的意料。她居然也会两眼放光,兴奋地跟别人分享读书的感受。

当然,跟往常一样,内容上还需要修改,不过我们决定把最后一话写完,再做整体的推敲。河野也常说关键是要把故事写完。如果一调整就停止不前,退回去重来,那故事永远也写不完。

之后,小余绫跟我讲了第四话的主要内容,我仔细地摘出要点,把它们写成具体的情节。她今天本来就是为第四话来的,所以有些迫不及待,故事讲得既兴奋又快活,连声音都充满了感情,我就一直这么听着。

工作告一段落,我去冲了杯咖啡提提神,回到屋里时见小余绫正趴在书架前找什么。短裤不太合身,我一眼就看到了她露在外面的大腿和似乎是臀部的一大片雪白的肌肤,手里的咖啡差点就打翻了。我极力控制着自己,把茶杯稳稳地放在了小茶几上。

"你的书真多啊。从本格到悬疑、轻小说、职场,还有传奇和怪谈小说,应有尽有。"小余绫坐在地板上仰头看着书架。

"基本上都是我爸的,他书看得杂,自己也什么都写。"

"杂学书和资料也很多,好令人羡慕的书架。你就是读着这些长大的吗?"

"嗯,是的,几乎没读过儿童读物。"

"哦,大概能猜到。"

"什么啊?"

"我知道,你是被这些小说塑造成现在这样的。我能感觉到,因为这些书都受到很好的呵护。"

"算了吧,哪有啊?"

都受到很好的呵护。

能受到呵护的书是指哪些书呢?

我随着小余绫的视线,望向书架。书架很高,占据了整整一面墙。我是被这些书塑造成现在这样的。小余绫依旧这么诗意,而我对这个出口成诗的人真是又羡慕又嫉妒。

"不过,这里还少了几本书。我在屋里没找到。"小余绫转过头来对我说,眼神里带着责怪。我坐正身子,把咖啡杯端到了嘴边。

"什么啊?"

"你的书一本也没有。"

雨不知什么时候已经停了。纱窗外隐约传来阵阵虫鸣,屋里的空气热烘烘的。

"无所谓啦,我那种书。"

喝到嘴里的咖啡好苦。我每次冲咖啡都冲不好,试过好多次,都不够香醇。就像我的小说,无论怎么写都写不好。

"那不行，自己写的书，自己首先得喜欢。"

"我……不行的，我一看我自己写的……一看到就难受，会想起很多……满脑子都是失败。"

我的书，我的作品，每当我看见它们素色的封面就很后悔，很委屈。我深知自己写不出让读者喜欢的作品，可是为什么还要洋洋得意地去出版那些被人嗤之以鼻的东西呢？号啕大哭的冲动驱使着我，我想抓起它们，把它们撕碎，扔得远远的。

小余绫有些难过："可是，激励自己的总归是自己的作品啊。"

我不是小余绫，我不像不动诗止那样受读者爱戴。

"那你写过情书吗？"她突然问了一句，叫我的心咚地一跳，我眨了眨眼看着她。

小余绫把胳膊肘支在小茶几上，盯着书架："写小说也跟写情书一样。作者为了把满腔情愫准确地表达出来，字斟句酌，写完后又满怀期待地将它们送出去，希望对方能够喜欢。"

好奥妙的一个比喻。我低着头想象着——一个陌生的房间，收拾得很整洁，小余绫正坐在书桌前，认真地在一张便笺上写着。光线很暗，只有一盏台灯照着她的脸和手。她一个字一个字地写，一边思考如何借助文字让对方读懂自己的心思，一边创作她的故事。也许读者根本不理解，也许自己表达不出来，可她仍然坚持要打动对方；仍然希望把自己的心思送到未曾谋面的读者手中。

她说这才是写小说。"所以你自己首先得喜欢你自己的作品"。

我以前都在小说里寄托了哪些愿望呢？

我不再去想，企图逃开这个话题，便指了指茶几上的咖啡："喝吧。味道不太好，不过能提神。"

小余绫盯着咖啡杯看了一会儿，大概是喜欢杯子上的轻松熊吧，她笑了笑，向我道了谢。她用两只手捧着杯子，噘起嘴吹了吹。

"那个，小余绫，你为什么写小说？"她并不需要故事啊。

我冲着她边痴痴望着书架边喝咖啡的美丽侧脸问道。她瞥了我一眼，垂下眼帘低声说："是啊，为什么呢？"说完她把头靠在床沿，轻轻闭上眼睛，仿佛在思考什么。

"我想，大概我只有小说了。"

"怎么可能？"我说。小余绫立刻睁开眼睛，反驳道："我可没你想的那么了不起。"就拿小说来说吧，她继续讲："也许小说并非唯一的表达方式，像漫画、电影这些也可以。而我之所以没用其他方法，就只是单纯因为我没那种能力。我光会写，所以就写了。"

"那你如果会画画，就能成漫画家了？"

"嗯,可能吧。其实小说嘛,只要是会写字,人人都能写的……所以人人都写,故事就泛滥成灾了。"

这话怎么一点不像从小余绫嘴里说出的呢?

我认为小说各方面都比不上漫画和电影,小说不过是一些文字的排列组合罢了。读者得运用自己的想象去理解,这可是一项繁重的体力劳动。被残酷的现实折磨得筋疲力尽的人则更渴望轻松的娱乐享受。而与读者群大量减少成反比的就是,小说因为容易创作而大批涌现,竞争越来越激烈。出版业不景气,文艺书籍减少印数,许多书店相继倒闭,所以小说时代也终将走到尽头。

然而,小余绫相信小说能励志,她为什么会说出这种话呢?

"对了,那个小说之神是什么啊?"

她能看见,而我看不见。不知为什么,我很想知道她这句鬼话到底是什么意思。

"哦,"她坐了起来,面露难色地看了看我,"我还以为写小说的人都能看见,不过大概我弄错了,你好像也看不见。"

"所以我在问你那是什么。"

"我讲不清楚。一用语言来表述,它的价值和意思就变味儿了。虽然我搞的就是语言创作,却没法用语言来把它表达清楚。这世上一定有很多东西不是光用语言就能说清楚的，所以我们才会去编故事。"

"听不懂，什么意思？"

"硬要解释的话，就是我感觉有那么一个瞬间，我发现写小说就是我的宿命。所有的命运和热情，都在写作中找到了合适的位置。啊，我生来就是写小说的。有一瞬间我悟到了这一点。"

我咀嚼着这些抽象的概念，喝干了手里的热咖啡。雨停了，时间已经过了半夜三点。尽管纱窗外吹来微凉的夜风，身子却因为喝了咖啡而热起来。小余绫大概也跟我一样。她把妹妹的开衫拿来放在身边，却一直没有穿，就一件背心跟短裤，裸露着苗条的身体。我看着她，看着她略显疲倦、又垂着眼睛像在做什么哲学思考似的侧面，觉得很美。平时很少能看见的脖颈露在外面，闪着涔涔的汗珠。

小说之神。

小余绫有，而我没有的东西。

"喂，"小余绫抬起头看着我，"你为什么写小说？"

我逃开她的眼神，把咖啡杯托在掌心："这还用问？为钱喽。"

"别开玩笑，难道是说真的？"

她干吗要问这些？写小说也不需要什么特别的理由吧。

"我可不想跟小说一起毁了。"像那个一个劲写不卖座的小说,留下一屁股债务就走的没用男人一样。我可不愿意靠写小说为生。

在小余绫的催促下我开始写第四话,一直到写到清晨。刚开始她还想在一旁看我写,可是动笔前总被人看着,我完全静不下心来。我要她别再看了,于是她就去爸爸留下的书架前找书,发现了一本现在已经很难买到的旧文库本,便爱不释手地读了起来。不过,一个小时后,她就又坐回我身边,盯着电脑屏幕,品头论足起来:很好嘛。这句不错。啊,这不行。女生根本不会这样。我觉得她不会这么说。啊?你不懂吗?

嗯,这里换个说法试试看。别光抒发情绪,把场景摆出来,让读者自己去体会时间停止的感觉。嗯嗯,这里含蓄些会更有味道。啊,这种表达好。好不甘心啊。你一个卖不出去的作家,还这么拽。好了好了,别不满意了,赶紧写。我在帮你看着呢。

我觉得不该让小余绫一个人去坐第一班电车,所以就先吃了点早饭,看着出行的人渐渐多起来,才把她送去车站。为了不丢脸,我烤吐司时下了点功夫,看来她颇为满意。

清晨时分,屋外却已经有了暑气。小余绫戴上报童帽和黑框眼镜,在背心上披了一件妹妹的开衫,脚步轻快地走在我前面。她那么漂亮,帽子和眼镜丝毫遮不住。快到车站时，我发现有很多人都在偷看她。美女也不好当啊。大家大概当我是一早送女朋友回家的男生。这个早晨的晴朗美好叫我不由得胡思乱想，尤其我走在她身后，看到她哼着歌一蹦一跳的样子。

"今天谢谢你了。原本我还担心要怎么办呢，不过很愉快。"小余绫在改札口前回过头对我说。

我没说话，难为情地低下了头。

"一起写小说，也不坏啊。"

"哦，是吗？"

"衣服也谢谢了，我洗干净了还你，跟雏子打个招呼啊。"

"啊，哦。"我低着头抬了抬眼皮，磨磨蹭蹭地想找些话说。怎么搞的？我竟然不舍得小余绫就这么走了。我还想跟她聊聊天，哪怕是聊点小说这类让我心烦的事。

"怎么了？"

"哦，没有……"她一直朝我的脸上看，叫我脸红了。

"下次，那个，你去看看我妹妹吧，她一定会很高兴。"

小余绫眨了眨眼睛。我正担心她不同意，只听她扑哧一笑："好主意。那我们下次一起买了那家的蛋糕去看她吧。再跟她汇报一下工作的进展。"

"哦,好。"我摸了摸脸颊笑了。

"千谷君。"

"啊?"

"你的处女作要做成文库本了吧?"她的话把我吓了一跳。没错,我的处女作下周要以文库本的形式上架。

她侧过脸,垂下眼说:"我,蛮喜欢你的处女作的。"

今天是休息日,上班的人并不少。很多人经过改札口朝站内走去。道口的警报响了起来,铁轨震动着,提醒大家电车马上就要进站。夏天的暑气在我脸上留下了一滴汗水。

"那本书大概会做成系列吧?"小余绫问,我含糊地点了点头。关于系列作品我的看法跟小余绫差不多。只是那本处女作,我倒想写个续集。兴许是小余绫的作品启发了我。

不知怎么我难为情地低下了头:"啊,那个,其实第二本我已经写好了,现在在编辑那里放着。"

"真的吗?好期待啊。装帧也很棒,太想看了。"

我不由得抬起了头,不料她正一脸激动地看着我。

"对了,那个附木呢?她还会出场吗?我最喜欢她了。你不会把她搁下了吧?我真希望她能得到幸福。我最喜欢的一个情节就是那个,最后面,她夜晚在教室里,讲出那一番意味深长的话,还有……"

她的眼睛闪闪发光，兴奋地描述着对我的小说的喜爱。

"事实上第三本也……"我含糊地点着头，慢吞吞地说，"如果能写出来的话就写，总之大致情节有了。"不过我最近进展得很不顺利，所以一直没有往下写。

我差点都忘记还有这回事了。

想写第三本什么的，为什么我要说出来呢？

"你行的，没问题，"小余绫看了看我，那双藏在宽边黑框眼镜后的大眼睛，凝视着我说，"只要自己想写，又有人在等着看，那故事就一定能继续下去。"

小余绫抬起头，看了看电子告示牌，电车来了。

"那我先走了。"她挥了挥手穿过改札口，走下了楼梯。

她的背影消失了，我却在原地没动。我把手放在胸口，心跳得很快，我还在激动，脑海里闪过无数的话语。故事、对话、出场人物的表情、叫喊、哭泣、痛苦、开心到流泪的样子都滚滚而来，几乎都要跃出胸腔了。

"我写得出来吗？"这句话并没有真的从我嘴里说出来，却是好久没有过的一种感觉。一定是我昨晚一夜没睡，脑子出毛病了。

我和她并肩写着小说……

写小说竟这么快活。

*

晚饭时分沙箱自习室店内静悄悄的。环顾四周，客人不多，除了舒缓的背景音乐在店内流淌，只有少数几个人在噼噼啪啪地敲击着键盘。

我着手第四话已经两周了。说实话，进展并不顺利。一则学习跟打工都太忙，二则小余绫到底为第四话费了不少精力，整个故事更紧凑和细腻。我苦于抓不住主人公的情绪，所以迟迟没有动笔。

第四话发展到后半段，故事就陷入虐心的境界。一场接一场都需要淋漓尽致的发挥，所以我得跟主人公合而为一，把我深深埋进她的内心。

除此之外，还有几件叫人头疼的事。其中有一个就是，小余绫提出这部小说不以联名方式发行，而由两位神秘的年轻作家新创一个笔名来发表。河野竟出乎意料地同意了，这让我很意外——不动诗止的名号就是销量的保证，为什么要换名字？

"喂，千谷君，好久不见。"我闻声转过头，只见身边站着一位单手拿纸杯的熟人。这男人三十来岁，身上一件软不拉搭的衬衫，外罩一件薄背心。

"春日井先生。"

"最近一直没怎么见你，还有点担心呢，能写出来了？"

"啊,没有,这……"我朝笔记本电脑的屏幕看了一眼,"大概还是写不出。"

"是吗?"春日井笑了笑,"不过我听河野说,你在跟不动合作啊。"

"是的,不过,"我眨了眨眼睛,叹了口气,"没想到河野这么大嘴巴。"

"说明她很看好你们嘛。"

春日井的责任编辑也是河野,所以也瞒不了他。

"你现在要是不写的话,我们聊两句吧,也好久没见了。"

真高兴他能这么说,盯着丝毫没有进展的屏幕真叫人郁闷。我点了点头。我们不想吵着别人,就走到靠窗的吧台去了。

我是一名蒙面作家,平时只跟少数几位作家有接触。我刚出道时,编辑部长跟我说,作家是一个孤独的职业,要跟同行搞好关系,他带我参加过不少各出版社举办的颁奖酒会。虽然我极少向别人自我介绍,可毕竟才十几岁,在酒会上特别显眼,很多其他出版社的编辑都会过来打听我的情况。

我跟春日井先生就是在酒会上认识的。他之前跟我得的是同一个新人奖,算我的前辈。他主要写些娱乐作品,在悬疑小说、青春小说、本格推理和轻小说等类型上也有涉猎。他这个人很热心,每次看我一个人在酒会上傻站着,都会过来招呼我,把我拉进年轻作家的圈子里。沙箱自习室也是春日井先生告诉我的。

我们俩互相聊了聊各自的近况。因为他想打听美少女作家,我便不由自主地提起小余绫之前常说的小说之神。

"哦,不动还说过这种话?"

"到底什么意思啊?她说的小说之神。"

"我好像有点明白。"

"真的吗?"

"或许跟不动说的不尽相同,但我好像能理解。有时我跟一些完全不懂小说好坏、主题的编辑谈话,我就会想,他们身上没有小说之神,所以讲不通也没办法。"

"唉,我越听越糊涂了。"我苦着脸说。春日井先生却笑了:"就是说,写小说的人和不写小说的人,完全是两种动物。不过,也有些作家跟小说之神无缘,他们只听从编辑的安排,按部就班、机械地写啊写。或许编辑就偏爱这种人吧。这个时代太执着的人已经不受欢迎了。"

春日井先生说的我还是不太明白,而且他跟小余绫说的好像不是同一件事。又或者小说家各自有些不同的品质,它们都叫小说之神。

"话说回来,祝贺你的处女作出文库本了,封面真不错。既保留了之前精装本的优点,又很现代,方便读者购买。"

"哦，谢谢。"我这话好像说得不是时候。

"怎么？出什么事了？"

"啊，没有，还不至于。"我一直在担心一件事。从靠窗的位子可以看到通向车站的马路，我看见街上闪闪的路灯和炫目的霓虹。

"是印数吗？"他问到了问题的关键。

我点了点头："嗯，五千本。"

"文库本才五千啊，"春日井先生大为惊讶，"那是有点够呛。"

"嗯。我太意外了。不到一万的话，跟三十二开本的印数就没差别了。没想到出文库本，还是这么点印数。"

"最近出版业日子难过。"春日井先生把胳膊肘搁在吧台上，双手交叉撑在下巴上，他望着窗外的夜色。

"网上有些报道说出版业在复苏，要我说根本就不是这么回事。好卖的都是那些畅销书，不好卖的根本没人买，第一版的印数一直在往下压。这种金字塔形的模式一形成，差距就越来越大了。"

真的，为什么差距会这么大呢？街上到处贴着广告，说什么再版、销量突破十万、二十万、一百万本，可像我这样的作家辛辛苦苦地写一本书，却一万本也印不到。卖座的作者，到底跟我这一万本也达不到的作家区别在哪里呢？

"直到去年，就是我这样的小作家，如果出文库本，第一版也能印个一万两千本，可是最近都在一万本以下。当然，把印数放在不卖座的作家身上，不如把那些能打入书店排行、改编成影视剧的书拿去多卖点好啊。对出版社来说，我们这些人写的书就跟没写一样，或者说不定还拖累畅销书了呢。如果我们不写，印数就可以都让给畅销书。书店方面也可以多出一些展位。"

"你今天怎么这么消极，净说刻薄话了。"

"也不止你千谷君一个，我的书也不好卖啊。"

我无言以对。我一边听一边望着窗外寂寥的夜色，呆呆地看着一盏一盏闪亮的灯光。我们这些人写的书就跟没写一样，说不定还拖累畅销书了呢。

"我也不行了。"

"啊？"我愕然地看向春日井先生。他正低头看着窗外黑魆魆的街道。

"《木阴亭奇谭》系列被叫停了。"

"什么？"

《木阴亭奇谭》是春日井先生上个月才出的新书，是以新概念小说发行的一部作品，定位介于一般文艺书和轻小说之间，不但内容有趣，装帧上也采用了文库本的风格。春日井先生送了我一本，我早早就看完了。

官网上打出的广告是——春日井全力打造的新系列。网上的评价很高，大型网站和读书网页上的评论也都不错。

"这出书还不到一个月啊。"

"是啊。我太轻敌了，"春日井先生紧闭着双眼，"现在出版业真的不好做。竞争对手太多。每年都出现新的概念，每个月都有一百多文库本上市，它们就像洪水一样，冲击着我的作品。"

他的话随着叹息声一起落入了地狱。

小说泛滥。我又想起小余绫说的话。

"出版社给我印了一万五千本，我还感觉不错。可现在一个月才卖了三千本，发行部觉得接下来大概一年也只能再有两千册的销量，之后嘛，就不打算出了。"

我怔怔地听着这个事实。

一万五千本。光是这个印数我也赶不上、达不到。

"我挺喜欢《木阴亭奇谭》的。那我就读不到续集了？"

"抱歉。你能喜欢，我很高兴。不过，也蛮戳心的。"

出场人物仍在冒险，而这部惊险、充满想象的作品竟然不再出了。

"真不甘心。我还以为这次应该不差的。攀上了新概念这条线，广告铺垫也很充分，没想到会是这个结果。真不甘心。我第二季都写好了。我跟个傻子似的，在网上宣布第二季已经写好了，敬请期待。哎，怎么说呢……"

他重重地叹了口气。

"现在去网上搜，还是有人说希望读到后续。可我却没法满足他们的愿望。也有人说，《木阴亭奇谭》太赞了，请继续努力，等着看第二季。"

春日井先生一向乐呵呵的，这时眉宇间却也有了深深的皱纹，算是他十年作家生涯痛苦的证明吧。他用手指按着额头，瞅了我一眼，笑了："不过，现在我这水平的作家应该都差不多，我不能先独自放弃。"

他是为鼓励我才笑的。

我已经好久没有来这里了，春日井先生会怎么想我呢？

"为什么你还写得出来？"他不放弃。无论失败还是痛苦，仍在继续向前。就像故事里的主人公一样。

"为什么呢？"他抬眼看了看我，笑道，"每天都跟老婆发牢骚。好几次写的书销量都上不去，现在的收入还不到过去工作年收的三分之一。我已经成了不靠老婆养着就活不下去的软蛋了。电视里不是常有吗？一个人拼命追求梦想，却不赚钱，恋人却始终相信他会成功，为他默默付出。这种人我最讨厌了。让自己喜欢的人受苦，要她养，简直就是个混蛋。"

我很自然地想到了爸爸。

"说实话，我好几次都想不干算了。我也想在老婆面前活得像个人，重回工作岗位，赚钱养家、买房子，生孩子，过富裕的生活。那样肯定更幸福。我有时也会跟一些亲近的作家喝几杯。他们都是年轻人，卖座的作家。我比他们都大，干作家的年头也长，比他们早出道。可是只有我每本书印数都没超过两万。其他几位比我小三四岁，出道才两三年的，印数都超过了十万、二十万，甚至五十万。最近跟这些年轻人在一起喝酒，压力好大。大家对我都很客气，我却不知道要说些什么。我很傻吧？后来的人一个一个都赶到我前面去了，我真担心自己是不是不行了？"

这些痛苦我感同身受。他的现在就是我的将来。

"而我还在写，就是因为有人在期待。尽管人数不多，但还是有。他们在等着看只有我才写得出来的小说。"

喜欢、期待自己作品的读者。

也有人在期待我的作品吗？

"我之前很嫉妒你的，千谷君。"

"啊？"

"文笔非常好。评选会上奥村先生这么表扬过你。我是奥村先生的粉丝，所以特别羡慕。很想知道能让先生这么看重的人会是什么样子。结果评选一揭晓才发现是个中学的小毛孩子。我这才明白果然是有才华这回事。"

"我……不行的，我的书根本卖不动。"

"你还记得奥村先生是怎么夸你的吗？"

"那……当然。我当时也很高兴。"

"文体清冽犹如一把日本刀，深深刺中读者的内心。且刀刃纤细，似乎一磕即碎，美得危险又洒脱。"春日井先生笑着把评选时的评语背了出来。

"后来我问了奥村先生。他说当时他并不知道作者的简历，当他看到作者是个中学生的时候，哈哈大笑了起来。说是出了个了不起的作家。"

"我……"

"太好了，今天总算在这见到你了。知道你还在写，我就放心了。今后我还能读到千谷一夜的作品啊。我嘛，无所谓，就等着看你的小说了。总之你可不要让给你评奖的老师们失望哦。"

我最近一直都没有好作品问世，他说这话莫不是洞察出了我的内心？我不知该如何作答，只瞅了他一眼。

"我也不辜负大家。再怎么苦怎么难，作家要往前走就必须写。"

我行吗？我能坚持下去吗？

"春日井先生你真豁达。"

"我觉得吧，越苦越有可能写出好东西。你看，像那种没尝过苦胆、不知道血是什么滋味，从不曾撕碎过自己的作品、苦苦挣扎过的人，怎么可能写出好作品？"春日井先生起身说老婆在家等他，他要回去了。

之后他好像又想起了什么："对了，不是不动讲的那事。可如果这世上真有小说之神。一个磨磨蹭蹭、啰啰唆唆、光发牢骚不动笔的人，和一个流着泪、呕心沥血往下写的人，你觉得小说之神会站在哪一边？"

*

回家后我立刻坐到了书桌前，长长地呼出一口气，重新鼓足了劲。

屏幕上显示的是第四话的原稿。工作进展得不理想。还是明天跟小余绫商量一下再弄吧。我现在要做的是——

能写出来了吗？

我记着春日井先生说的话。

等着看你的小说哦。

我关上第四话的文档，又重新开了一个。这不是小说的文档。上面随便记着故事框架和主题，是一些初步的情节。我自己小说的情节。

你的那部作品，我挺喜欢的。

我想起了宽大黑框眼镜后闪闪发亮的那双黑眼睛。

系列中的第三季。我写得出来吗？

第二季的原稿我半年前就已经寄给责任编辑了。当时他们说等我的处女作出了文库本就发，这样销量正好接上。可大概还有许多地方需要补充，我想改动一下。我能弄好吗？写得出来吗？

我已经有半年写不出小说了。

害怕得不敢去动笔。

我前前后后出了好几本书，可印数和销量不断减少，我的才华一再被否定。即使想通过读者评论寻求慰藉，连续的差评外加对主人公的厌恶，也让我觉得自己不但平庸无能，就连活着都叫人嫌恶。

我感觉自己再也写不出东西了。

我赶紧朝身边看了一眼。当然现在我身边已经没了客厅里的那把椅子。然而我一想到曾跟小余绫并肩写作，心里立刻就涌出希望，感觉自己能写点什么了。我能写出一部属于自己的故事。

我把第三季的内容整理了一下——要写个怎样的故事？地点在哪里？会遇到什么问题？碰到怎样的逆境和成长？主题是什么？如何直指人心？

这部作品，妹妹、小余绫和春日井先生会喜

欢吗？

时间已经过了半夜，我正打算去睡觉，免得影响明天的生活，这时我收到一封短信。

是野中发来的。我打开了它。

*

下雨了。

我在咖啡馆最里边的一个桌前，认真思考着野中的话。不知是她觉得有趣，还是职业性地微笑，好久不见的野中始终和颜悦色，侧头观察我的表情。

我犹豫着不知该看向哪里，便低着头，紧了紧喉咙，发出沙哑的嗓音："你是说，不能出了？"

"是啊。"野中为难地点点头，脸上微笑依旧。她是我出道时那家出版社的第二代责任编辑，我们打交道已经很久了，我很少能从她的表情上读出她的心事，她是个不太好对付的女人。

"可……"我着急反抗脑子里却空白一片，"第二季的原稿已经写出来了，早都发给您了呀。"

"是，我很抱歉，"她鞠了一躬，"不能出了。"

我张着嘴试图呼吸，或者找一些说辞，却只能忍气吞声，任凭她说的话在心中翻腾。不能出了。

"我这边也努力过。可照千谷君目前为止的销售额，要做系列恐怕有点困难……发行方面也不希望继续写了。当然原稿已经完成，我也试着跟他们协调过。可文库本的销量也……不太好。"

她的每句话都好刺耳。

不希望继续写了。

"文库本的销售不好?不是刚出才两周吗?"

"抱歉。根据目前的销量,社里出于经营上的考虑决定还是不出续集了。当然只是说不出续集。换一种形式,还有可能。我之前也跟你讲过,说实话,千谷君你的这本处女作内容上有些跟不上潮流。要把它做成系列,增加销量,扩大读者群,赢面不大。你能不能构思些别的内容?写一些符合潮流的,欢快一点,读起来比较轻松,好卖的作品?读者应该都希望看到你写这类作品。"

我一味听着,勉强不让自己吼出来。文库本的销量不好?肯定嘛。你们才决定印多少本?只有五千,只有五千册吧?文库本印五千册那跟32开本的印数有什么区别?为什么你们只印这么几本?你们真以为这么点印数能增加销量,让读者都来买吗?既然如此还说什么销量不佳?都要怪我吗?你们一点责任都没有,只怪我写得太无趣、幼稚,主人公不合时宜,性格阴郁,不讨人喜欢,所以才没销量,导致不能出版的?你们就这么去结束他们的人生和故事?

真的?那太好了。装帧也很漂亮,好期待啊。

我想起那双亮晶晶的、激动的眼睛。

其实我多少还是期待的。没错,我是不卖座。可我觉得这都是因为从我的处女作开始,出版社给我出的就一直是精装本的缘故。精装本价格不菲,印数自然比不上文库本,书店里的展台都叫其他名著占去了,我的书自然到不了读者手中。所以我多少还是期待的,以为如果文库化了就能多卖几本,以为一旦文库化就能增加印数,铺开在店里,吸引更多的读者。只要有人读势必会发现它的优点。

我有过这么一点的美梦和希望。

我真傻。

放眼书店都是印数超过四五十万册的书刊,而我只有五千本,还被叫停。他们就这么标价我这种作家的作品。

下了电车,我徘徊在大雨的街上。

风很大,冰冷的雨点斜拍在我脸上,裤脚湿了,粘着脚踝。我想起这条路,自己曾跟小余绫一起走过。我带着湿淋淋的她回家,第二天早上又把她送去车站。那时我确实感到一丝激动和幸福,心中充满希望。

我怕自己写不出来,而她笑着对我说:"你能行的,没问题。"

可是我辜负了她。

我知道,这一切都是我的错。咒骂出版社不过是迁怒于人。错就错在我抓不住读者的心,还写那么多烂小说。如果我能写出讨读者喜欢的东西，故事就不会结束了，也不会有出版社来叫我停笔了。一切都是我的错。灰尘一样、垃圾一样的、空洞的我的错。

我撑着伞，一步一步、踉踉跄跄地往前走。即使遮住脸，雨点还是毫不留情地砸过来。我的脸在发烧，嘴唇丑陋地歪着，呐喊几乎穿透我的腹腔，我的喉咙。

我好久都没思考过了。要给主人公们编一个怎样的故事？要让他们如何成长？怎样长大？我那么激动地想象着。

我误以为自己可以写出来了。

我真没用。我就是个垃圾。那些出场人物的故事，无论开心还是痛苦，也要一往无前的故事，现在喊停了。都怪我，结束了他们的人生。

故事结束了。

*

我快疯了。

我不跟小余绫说话，也故意不看她，不听她讲话。课间休息时，我尽量到教室外面去，文艺部活动室也不去了。

我已经没法再跟她合作。我能怎么办？难道要我出丑吗？在小余绫的面前打开电脑，然后手指发抖、双唇震颤，把翻上来的胃酸咽回去，再惨兮兮地啜泣掉泪："小余绫，我的小说没成功。完全卖不出去，出不了续集了，出版社的人拜托我别再继续写了，我得结束它了，就是你说喜欢的那本。是我毁了那些好端端的出场人物。以后这种情况肯定还会发生。我还会毁了你的小说，你的精彩的故事、你喜爱的出场人物，都会被我断送掉。"

到那时，你该多伤心啊。

我借口打工很忙，已经好几天没参加社团活动了。而写作方面，也以妹妹的病情为由，请河野向小余绫转达了我最近得搁置一段时间的意思。河野在邮件中告知，小余绫在最终话的情节上陷入了瓶颈，如果可能，希望我能帮她一把。我这种人哪有能力帮别人呢！小余绫是天才，她会跟过去一样仅凭一己之力写出好作品的。

没有任何安慰。

我做什么都提不起精神，就这样一天天烦闷不安地活着。我把打工安排得满满的，成天连轴转，却依然无法入眠。我常常躺在床上两个小时、三个小时、四个小时都睡不着，心烦意乱地在床上翻来覆去，有时好容易睡着了，几十分钟后又突然惊叫着从被窝里坐起来。每次我都会做相同的梦。

"停刊了。"野中笑着对我说。

我急忙请她和出版社再考虑考虑。

"我马上就能写出来了。之前我一直写不出来，可是现在我感觉能写了。小余绫、春日井先生和河野都夸我呢，喜欢那部作品的人很多，所以……"

"他们不过是鼓励你而已，并非真这么想。"

"不是真这么想……"

"要不然你怎么打起精神呢？事实上你的书根本卖不出去，哪有人喜欢？如果真有人喜欢，那这堆垃圾，为什么没有人买呢？我就是被你拖累，才在负责的作品上连续爆赤字的。要是我被开除了，千谷君你负得了责吗？"

"可是，小余绫说她喜欢的。"

"那只不过是为了跟你搞好关系罢了。千谷君，你还不如考虑一下其他故事。如果有能卖座的作品我们再商量商量。在现实生活中精疲力竭的读者想读安心的、舒缓的、感人的作品，你能不能搞点这类好卖的故事？否则就只能停刊了。"

我放声大哭，难堪地哭醒过来。身体因为愤怒而癫狂，我像个撒娇的孩子蹬脚踢掉被子，发疯地喊着，举起拳头不停地向墙壁砸去。一下、两下、三下，我要把墙壁砸个窟窿，我要把拳头砸出血，就像我流出的泪。不觉间我的头也撞向了墙壁，一股想要结束一切的冲动冲出我的喉咙。我想就这么死了算了。丢掉我想写的，感觉会写的作品。我唯一的愿望就是，把我这没用的脑袋狠狠地撞在墙上，让脑浆迸裂，结束我这毫无用处的狗屎一样的人生。不明所以走进房来的妈妈紧紧抱住了我。我一边喘着粗气，一边任由没用的眼泪往下淌。妈妈望着我没有作声，默默地小心翼翼地在我的拳头上擦了药，把它包扎起来。她揩了揩我破了的额角，毛巾上沾着血污。妈妈一句话也没说。我慢慢冷静了下来，羞愧地捂住脸。自从跟小余绫合作以来，我还是第一次做这种噩梦。而之前的半年，我因为写不出小说曾不止一次在夜里惊醒。

"不想去学校就暂时别去了。能睡就多睡一会儿。"妈妈温柔地说。可我已经找不到能让我安心的去处了。在学校里我要担心小余绫和她的一举一动。不知她什么时候会来跟我搭话。

最近怎么样？第四话进展如何？我帮你看看吧？对了，你的文库本卖得好吗？第二季出来的话让我看看。不过，首先要完成我们的合作。

我能想出很多诸如此类要命的话。每次它们出现在我心里，我都感觉反胃，把头蒙在被子里小声啜泣。然而一直躲在家里，寂静和无所事事又叫我透不过气。站在厨房洗东西的时候，洗洁剂的泡沫沾满我的手指，我一个一个地把盘子擦干净。我每天漫不经心地重复着这些动作，心里还在不断地思考——小说、想写的、该写的、我本能够写的。出场人物的对话掠过脑际,我想象着该如何让故事更精彩,后来才意识到这不过都是痴人说梦罢了。我叹息着流下了眼泪。

我的故事怎么就不行呢?

不知道,我真的不知道,问题还是出在我自己身上吧。就像我居然没看出比我后出道的同一个新人奖的得主,他的小说会大卖一样,我的直觉有问题。茫茫人海中,我就是一个满身缺点的次品。所以我才自以为自己的作品有趣,误以为它们很精彩。

我很小的时候就这样。从小学起,我就跟大家不同,是个次品。我不会交谈,不会笑,不懂得跟人交往,不知道怎么学习,不擅长运动。根本就只适合在背阴地里生活,完完全全就一无是处。

所以我逃开所有人。去往了虚构的世界,凭空捏造的世界,想象中的世界。我通过阅读治愈自己的孤独,从而学会了编故事。即使被笑话,被人厌恶地赶去一边,我还误认为掌握了一项别人都没有的本领。我编了个故事,然后讲给妹妹听,好脾气的妹妹开心得手舞足蹈。她瞪着亮晶晶的眼睛催我把故事讲下去。这就是我唯一的本领。我居然误以为它值得我挺起胸膛骄傲,哪怕它刺眼又炙热的光芒会灼伤我的心。

我到底错在哪儿了?

我砸着墙壁,撕掉那些卖剩下来,正等着被打纸浆的文库本，大喊大叫。我不停地追问，追问那也许存在的不知名的神佛，我到底错在哪儿了？错在哪儿了呢？可我知道，我都知道。我全都错了。我活着本身就是一个大错。为什么像我这样一个一无是处的人会健康地活着，而像雏子那样优秀的孩子却要生病？我真想把我这个空皮囊中剩余的生命都献出来，离开这个世界。这样我就不用眼睁睁地看那些出场人物丢掉性命了。不用为故事的结束而绝望，也不会有人给我费尽心血创作的故事差评，也没人给我自信拥有的唯一才能打一星了。

你为什么写小说？

不知怎么的，小余绫的这句问话突然在我耳边响起。

谁知道呢？这种事情，当然是为钱喽，为钱啦。你说什么小说能励志，事实上小说根本不能励志。为这种事去写作只能自讨苦吃。所以我不会为这事去写小说。可是我也搞不清，为什么会有人写小说？又为什么会有人读？为什么我要去编故事呢？故事把我害得这么苦。

我躺在黑暗里。我已经好几天没去学校，也没去打工了，就这么睡着。就在我几乎忘了自己还活着的一个深夜，我的手机收到了一条短信。我懒洋洋地看了一眼，短信是小余绫发的，只有一句话："你怎么了？"这也太简单了吧？根本不像是作家写的，又短又没有内涵。也许她在关心我，可事实上她是怕麻烦才发短信吧？我冷笑了一声，关掉短信。几个小时前我还接过一个短信。是成濑发的："前辈，你最近都没来学校，出什么事了吗？小余绫前辈和九里前辈都很担心你呢。"

我看到来电显示上有几个九里打来的电话。因为我一直没有开机，就没去理会。我关掉短信，把手机也关了。

我闭上眼睛躺在床上，突然觉得自己的做法欠妥。我跟成濑有过约定，要帮她一起准备参加轻小说新人奖的投稿。之前在活动室，她好像有事要问我。可当时正好要去打工，我让她下次再说，就离开了。之后我一直没见过她。

不过，这也无所谓了。都无所谓了嘛。我能帮她什么呢？像我这种一无是处的作家瞎出主意，到时候弄砸了怎么办？害得她也没得写，谁来负这个责任？

算了，算了。反正不管我做什么、写什么，都没有人会看，没有人会买，到哪里都是差评。我已经不知道自己苦思冥想去写一部小说到底还有什么意义。

小说之神会站在谁那一边?

我对耳边响起的这句话嗤之以鼻。

我成不了春日井先生那样的人。我跟他不一样,没有人在期待我的书,从第一版的印数上我就跟他不在一个级别,实力太悬殊了。而且我也已经拼了三年了。小说之神却依然没有把我放在眼里。我累了,我要休息,我要逃开。就像在背阴地里,根本不适合写进故事的无名路人,无声无息就消失了。

这就是我现在唯一的心愿。

*

然而,突然有人打破了我的安宁。

那天早上,天气闷热。我一直蒙在被子里,直到浑身被汗水湿透。我听见有人叫我,便微微睁开眼睛,只见妈妈站在打开的房门边。她身旁还有一个高个子不说话的戴眼镜穿校服的男生,长着一张不知在思考什么的哲学家似的脸。这人怎么跟死神差不多,我昏沉沉地想着。

"一也,已经早上了。"九里笔直地站着,说出我早已知道的事实。

"那就拜托你了。我要出差,现在得走了。"妈妈已经穿好了外出的衣服,她笑着对九里说。九里十分礼貌地鞠了个躬。我从被窝里钻出来,很不耐烦地瞪了他一眼。

"走吧，否则我也要迟到了。"

"我不去，我病了。"

"精神病吗？那可不能闷在屋里。"

"我感冒了。"我蒙上被子背对着他。

"我知道你没病。而且你以前也这样过，但这次似乎更严重。"

"你管我？"

"我管你。"

九里不客气地进了屋，在地上捡着什么。我有点好奇，就从被子缝里偷偷地往外看。

是被我撕掉的，勉强还保留着一点形状的文库本。千谷一夜的处女作。自三十二开的精装本上市三年后，才出来的文库本。之后他就一败涂地。

"快给我扔了。"看到九里拿在手里翻看，我大叫起来。

"不，太浪费了。你不要的话，我拿走了，我还想再看一遍。"

"那随你的便，你快走吧。"

"不要，我就在这里等着，等到你跟我一起去学校。"说着，九里一屁股坐了下来，仰头看了看我的书架。

"这里有这么多书。如果你不去学校，我就在这里看书。遇到精彩的段落，没准我会激动得念出声来。你要不愿意，那就跟我一起上学去。你想毁了我的全勤奖吗？"

"你别为那点小事就绑架我，我说了我只是感冒，你别担心了。"

"我才不担心你，是成濑的小说在等着你呢。我不想叫好不容易加入我们社团的后辈失望。"

"你小子，有时候还真傲娇。"

现在几点了？我摸到手机，开机确认了一下时间。就在这时，手机收到一封短信，是成濑发的："前辈，你今天来学校吗？"

我盯着手机看了半天，嘴唇几乎被我咬变形了。

"成濑为什么老找我？"

"这还不简单？她喜欢你登在社团刊物上的文章呗。"

我看着好朋友的背影，他已经从书架上取下了一本书，真的准备读呢。我叹了口气，磨磨蹭蹭地爬起来："你可别误会啊，可不是因为你多管闲事，也不是为你的全勤奖。我只想遵守跟成濑的约定。就这一个原因，懂吗？"

九里背对着我，啪地合上了正在翻看的书，点了点头，小心地松了一口气。

*

我的情绪非常低落。没有比朝气蓬勃的校园更叫我痛苦的地方了。

午饭时，我偷偷溜去教学楼后面的长椅上躺着，教学楼和树木投射的阴影又暗又凉，很适合我。

虽说在树荫下，我还是热出了汗。正当肚子咕咕叫时，我听见附近有人说话，虽然没必要，我还是屏住了呼吸。校园那头走来几个女生。

"我跟你讲，那个前辈真的很讨厌。"

"像模特的那个吧，听说是转学生。"

"长得好看有什么了不起嘛，大家居然都在议论她。"

话说得十分不客气。我一听就知道她们在议论谁。这里平时少有人来，只要不介意弄脏室内穿的鞋子，从这里去其他教学楼倒很近。我继续假装在长椅上睡觉，以为她们很快就会离开，没想到说话的人并没有走，似乎在我的长椅附近坐了下来，继续热烈地聊着。

"哎，别管她了。她就靠一张脸嘛。听说是从很厉害的名门女校转来的，准是出过什么事。"

"啊，这么吓人？"

"嗯嗯，我的前辈跟她一个班，听说很难相处呢。发短信也就是冷冰冰的几个字，放了学也不跟人家一起走的。人家大小姐哪会跟我们普通人交往嘛。"

"哇，人品太差了。"

"所以，利香你也别太往心里去了。我要是男的，绝对要你当女朋友。男生都傻乎乎的，肯定是随口乱说的。"

我闭着眼睛，修正了我的一个想法。我原以为美少女一定都顺风顺水，没想到美少女也有美少女的烦恼。

"那个，之前她不是打过羽毛球比赛嘛。为什么啊？"

"对，对，传得沸沸扬扬呢。"

"听说她是第一次打羽毛球。"

"那为什么要比赛啊？打得那么烂。"

"哎呀，人家是掌上明珠嘛，有什么办法？"

"跟她较量的叫什么？听说是文艺部一个衰男。"

"为什么文艺部的要打羽毛球？可笑。"

她们的笑声震得我的耳膜疼，禁不住眼角溢出了一滴眼泪。

"哦，人家说，秋乃你在后面帮那个文艺部的加油了是吧？"

"啊？"

这个惊奇的女声我之前并没有听到，恐怕她一直都在听大家聊天，这会儿才笑着应了一句。她们此时的情景我很容易想象。

哦，她们就是之前我碰见的成濑的同学吧？

"啊？秋乃你干吗帮文艺部加油？参加文艺部了？"

"嗯，嗯……"

"什么，难道秋乃你还在写小说？"

逼问的人准是成濑说的那个利香。

好像叫纲岛利香。

"啊？秋乃你写小说？"

"太好笑了。"

"什么？下次给我看看啊。"

"哈哈哈，秋乃脸红了。"

"那个……"

"喂，你真的在写？"

和其他七嘴八舌的女生不同，利香说话好似锋利的刀，寒光一闪，就把大家的笑声冻住了。

成濑再次陷入沉默。她在思考该如何回答。

不知为什么，纲岛利香似乎不喜欢有人写小说。成濑若是承认，准会成为众矢之的。

几秒钟的空白后，"怎么可能呢，"成濑答道，"这种无聊的事我早就不做了。我没参加文艺部，而且根本没去看什么羽毛球比赛，肯定是认错人了。你们看，我这么低调的。"成濑贬低着自己，想尽力挽回自己的形象。不知道纲岛利香相不相信。我躺在长椅上，闭着眼睛，虽然能想象出她们的模样，却看不见她们的表情。

"啊,快走吧。不是说要早点去的吗?"有人避免冷场地说了一句。

女生们慢吞吞地表示同意。

"秋乃,你怎么了?"

"哦,那个,我手机忘了,你们先去吧。"

一群女生一个接一个从我躺着的长椅前走过去。我又等了几分钟,才低叹一声从长椅上坐了起来。因为刚才一直躲着她们,身子有点麻。

"呀。"站在我附近的成濑发出了一声惊叫,她愕然地看着我。我也不禁沉下了脸。我没打算在文艺部活动之前见她。现在偷听了她们的谈话,便更觉尴尬。

"对……对不起。我吓了一跳。前……前辈你藏得太好了,我没发现。"她到底是想道歉还是在挖苦我?

"你不是忘了手机吗?"我一句话把她挡了回去。

成濑一愣,既没装笑脸去弥补,也没伤心落泪,只是蔫头耷脑地看着我,过了一会儿,她抱歉地笑了笑:"不好意思,让你听到了。"

"啊,我就当没听见。"我转过脸,感觉成濑走到了我身后。她问能不能坐在我边上。我一怔,条件反射地空出了身边的位子,成濑坐了下来。

"前辈,你身体好些了吗?"

"啊,是的。"她这么担心,我倒有些难为情了。

"哦,那太好了。那个,我有点事想问问前辈。"她弱弱地说,我挠了挠头皮,答应了:"如果只是问个问题的话……"

我瞟了一眼她被百褶短裙遮着的膝盖。她笔直地坐着,双腿并拢,两只手攥成拳头放在膝盖上。十个指头用力地攥着,像是在忍耐。

"我太差劲了吧?自己喜欢的,也不敢承认。"

"你想太多了。每个人的爱好不同,小说又不是人人都能拥有的市民权,比较小众。书店一家接一家地倒闭,说明读书的人很少。"说到这里,我猛地想起成濑家就开书店,不用说,情况一定也不容乐观。

"不。"成濑不同意我的观点,她摇了摇头,披在肩上的头发也跟着晃了晃,我闻到一股酸酸甜甜的洗发水的味道。

我看的是她的侧面,便假装没觉察她被红框眼镜遮住的双眼在激烈地颤动。

"我真胆小,所以才不敢告诉利香我喜欢写小说。"我不知如何作答,成濑继续说:"我初中的时候,班里有个叫真中的女生,虽然很文静,但也很任性。利香她表面厉害,对人却很友好。我比较认生,刚进中学都没有什么朋友,利香很快就把我拉进了她们的圈子。她也想叫真中加入,可是真中……怎么说呢，跟利香性格不合，两个人经常吵架。有一次她们吵得很厉害，利香打了真中。我还以为她们吵完也就过去了。可真中不是那种挨了打就不吭声的性格。她冒充利香，给利香单恋的男生写了封情书，又精心设计了一出戏，让情书被别人捡到并读出来，结果利香在学校出了丑。"

"怎么说呢，女生也太可怕了。"手段如此卑鄙。

成濑凄然地一笑："真中很喜欢写小说，经常会躲在教室的角落里，往本子上写些什么。我不知不觉对她的小说产生了兴趣。所以，真中就把她写的、从没给别人看过的小说拿来给我一个人看。在她的影响下我也写起了小说，还打算给她看呢。可就在这时利香跟真中发生了口角。利香对真中进行报复，她抢走了真中写小说的本子，在班级里传阅，大肆嘲笑，最后还把本子给烧了。女生们都站在利香一边，不理真中，也没有人出来为她打抱不平。我……我……我也跟利香站在一起。"她断断续续地叙述着，听上去就像是一段遥远的往事。

"后来真中就转学了。后来，我写小说的事，被利香知道了。因为之前有真中那档子事，利香就特别痛恨别人写东西。"

我能想象纲岛利香的心情。

假情书。为了陷害自己而虚构出来的东西，究竟怎么写？一定特别华美又很滑稽，充满了梦幻还特别符合初中少女的口吻吧。通过小说的技巧把它们巧妙地修整出来，是虚构的技巧，也是骗人的技巧。故事归根结底全在说谎。

"最近，我的小说写得很不顺，"成濑紧紧抓住衬衫领口喃喃道，"小余绫前辈说我应该考虑一下主题，整理整理。她这么跟我说的，我想了想，之后就心烦了。"

成濑沉吟着，喘息着，苦着脸，说出了自己编织谎言的痛苦。

"我小说中的主人公尤利，虽然很懦弱，却有一种不认输的勇气。他凭借这股勇气积极地向伊利夏尔表白了心迹，所以两心相映，产生了巨大的能量。可是……"她松开抓着领口的手，把手放在裙子上。

"我第一次见到前辈的时候，前辈跟我说的话，给我印象很深。小说并没有叫我励志。我是个胆小鬼，现实中怕这怕那，很没用。这样的我就算写，也是在撒谎，在胡编乱造。想到这些我就很苦闷，写不下去了。"

她吐露的心声紧紧地攫住了我空洞的心。我也是一个空洞的人。因为空洞所以什么也写不出来。空洞的人写的都是谎言。无论是爱、勇气、珍贵的友情或者教导别人积极向前，都是粉饰过的假话。

谎言是没有影响力的。

只能全部被拿去打纸浆。

也许只有拥有这些品质的人，才有资格谈爱、勇气、希望和温情吧。他们生活在阳光世界里，光芒四射，意志坚定，还受到小说之神的眷顾，就像小余绫诗止那样。

她经常在书中讴歌爱和勇气，告诉大家什么才是人类最重要的。她的话自然会影响到读者，因为她没有说谎。这就是我跟她最本质的区别。

像我们这种人是没有资格写小说的。

"我第一次遇到这个情况。"成濑愣愣地说。

"好难受，好难受……我以前一直觉得写小说是一件开心的事，每个作家都热衷于写作，因此才创作出美好的作品，千谷前辈，请你告诉我，"成濑一脸迷茫地问我，"如何才能创作出一个故事呢？"

*

我心里闷闷的，稍晚一点才去文艺部活动室，在我常坐的椅子上坐了下来。

我没来这几天，似乎都是小余绫在帮成濑，此刻她们俩正面对面坐在会议桌两侧讨论着成濑的小说呢。小余绫看了我一眼问："雏子不要紧吧？"我这才想起自己跟她谎称妹妹身体不好，这会儿不禁有些抱歉。

九里没在屋里，听说他去文化联合会开会了。

我默默地听了一会儿她们俩的谈话。成濑最伤脑筋的问题还是出在小说的主题上。

"成濑为什么要写这部小说?"小余绫问道。

"嗯……我不知道。"成濑沮丧地耸了耸肩。

"好,那我换一个说法,你想借这部小说表达些什么?"

"什么呢?"成濑不知所措地喃喃着,"我要表达的,我知道这就叫主题。可我现在感觉自己把它弄得乱七八糟。我也搞不清要表达什么了。"

"不,成濑,"小余绫轻轻地摇了摇头,"我们不是要去表达什么。用语言太慢了,也太拘束了。所以我们只好创作一个故事,让它来把那些语言不能传达的意思、表达不清楚的东西传递出去。而它是否能准确无误地被读者理解,我们谁也不敢保证。这得看读者如何解释,如何消化。没有故事能百分之百地被读懂。我们只负责把这种含糊的无形的东西传递出去,可在写作时我们必须相信会有人理解我们。你不用跟我解释,但你心里必须清楚。现在你还没有意识到这一点,所以很迷茫,写不下去。"好长的一段解释。我明白小余绫的意思,这十分符合她的风格,绕了好大一圈,做作得令人作呕。

漂亮、华丽、正确。

这都是正宗作家说的话。

我不禁插了一句:"根本不要主题。"

"啊？"小余绫提高了嗓门，站起来瞅着我，"你胡说什么呢？不清楚自己作品的主题，怎么可能震颤读者的心灵？"

"震颤读者的心灵？"我冷笑道，"您还真是有创作名著的雄心啊。成濑你也这么想？要写一部震颤读者心灵的作品？"

我看了看成濑，她只一味张着嘴，眨巴着眼睛。

"我……"成濑已经丧失信心了，她低着头，"我知道。我不但没有弄懂作品的主题，而且水平也不够。"

"我刚才建议她先弄几个短篇出来，"小余绫瞥了我一眼，坐下来说，"她之所以把握不了作品的主题和结构，就是因为没有好好归纳过一篇短文。我让她先写几个短篇，锻炼一下。多写几次，她就能凭经验判断出该怎么去表达自己的意思了。而且一篇一结，有助于提升写作水平。"

"一篇一结能提升水平？"

"你认为不对？"

"是的。"

小余绫简直就是在做梦。我叹了口气，朝门口努了努嘴："请你到书店去，看看那些摆着文学书、轻小说或者漫画的书架。既然成濑的目标是轻小说新人奖，那就看轻小说那一排吧。哪里都行。你到那里去转一圈看看，有几本书结尾是封闭式的？"

我说的她们应该能听懂。

想象一下那些书架，上面都是各个续集的数字。小余绫臭着一张脸，成濑像发现了新大陆似的微张着嘴。

"不单是轻小说。就最近来说，卖座的书都以能出续集为前提。有的小说改编成动漫，有的漫画改编成电视剧，大多数结尾都是开放式的。这个时代要的就是成套出版。干净利落地写出结尾，不会提升写作水平，只会叫你失去后续写作的能力和机会。书卖不出去就被淘汰，卖得出去就会有人催着写续集。现在就是这种情况。"

小余绫显然不喜欢我说的事实。

"你真的是这么想的？"

"当然啦。没能力写续集就会被停刊，故事就结束了。如果你还想写，就顺应潮流吧。成濑你要是得奖的话，也想写续集的吧？不愿意把尤利的故事就这么结束掉，对吗？"

"这……这是没错。"

"文学书也好，轻小说也好，新人奖都已经废了。虽然他们希望收到的稿件都是封闭式的，可是一旦出道了，就会要求你写续集。他们需要的是能够定期给他们提供故事的人。开放式的结尾才有人看，才会被改编成影视剧。读者并不在意故事是否有一个漂亮的结尾。所以现在根本不需要你有写短篇的能力。短篇小说可以不赶潮流，可总写这样的东西，就跟不上时代，只能等着被叫停了。"

从我嘴里吐出的这一长串，就像毒素一样，侵蚀着我的生活，污染着我的身体，然后麻醉了我的身心。

不对。大错特错。

可是最大错误就是我自己。我跟不上潮流，不顺应潮流的需要。

所以我的故事结束了。

所以我说的并非我的真心，却是事实。

接受吧。

承认它是对的。

"你真这么想？"

"是啊，我刚才不就一直这么说吗？光认真地思考是没有用的。你的想法和做法都已经过时了。你想把成濑的作品搞砸吗？"

"你说得没错。光拿娱乐小说来说，确实像你讲的那样。这样不行。如果只没完没了地写系列，那么读者脑海里就只剩下作品，不会记住作者了。搞不好，作者除了代表作，便再没机会拓展。"

"那有什么不对呢？如果作品卖不出去，作者就无法生存，不是吗？如果作家无法按照出版社的要求继续往下写，你觉得他们还有活路？"

"这……"小余绫不得不同意我的观点。

"光写单部小说，作家是无法生活的。除非你很幸运地成了一个知名的作家，否则很难。相反，如果有一个确定的系列，那就可以一直写下去，成为一项固定的工作。即使每一册的印数都不多，但一册一册出下去，就有可能抓住一些购买新书的新读者。这样越写就越容易增加印数。换个角度说，不写系列，无法成套出版的作家就只有减少印数这一条路，最终会被时代淘汰。你也是出于这个考虑，才打算写系列的，不是吗？"

从前的文豪如果活到现在，大概也会只写系列的。《我是猫 第六季》，畅销的《银河铁道之夜 第六册》《人间失格 第十一卷》……笑死人了，真是好笑。

"成濑我觉得你还不如去小说投稿网页连载，这比新人奖更容易出道。作家这玩意出道容易，出道以后就苦了，如果是网络写手也就无所谓了。"

"为什么？"

"现在很多新人作家刚出道作品就卖不出去。而网络小说在成书之前大致就能推算出销量，而且这个销量一般是有保证的。出版社能通过网络连载小说的点击量计算出第一版的印数。所以对出版社来说，不知能否卖座的新人奖出道作家跟受欢迎的网络写手，哪个更能确保稳定的销路，不就显而易见了吗？事实上，现在大部分出版社都在忙于甄选网络写手和出版他们的作品。有一些大牌的出版社还开设了自己的网络小说投稿网站，从中挑选作家。靠新人奖来选拔职业作家的时代已经结束了。现在不是由专家去选拔作家，而是让读者去选择写手的时代了。在文学类作品中，网络写手的第一版印数早就大大超过了新出道的职业作家。"

"这种情况不会持续很久，你别胡说八道了。这都是暂时的，很快就会坚持不下去的。"

我平静地看着小余绫，她的眼睛里写满了不赞同。

"坚持不下去的是从前的做法。如今出版社规模越来越小，互相合并，书店也都关门倒闭了。总之已经没多少人会去买书了。只有我刚才说的那一种商业模式销量还在不断攀升。"

"你到底想说什么？"小余绫站了起来，狠狠地拍着桌子，就像我第一次跟她在这里谈话时那样。我叹了口气："还不明白？我的意思就是认真地研究小说怎么写，是没有用的。"

"成濑，"她转向成濑，"这家伙说的话，你一句也不要听。你只要好好对待自己的作品，把自己喜欢的小说写下去就好。这样总有一天你会写出好作品的。"接着，小余绫又指着我的鼻子说："你出去。你没资格谈论小说。"

我闭上了眼睛。

是啊，就这样吧。

我已经弄不清到底什么是对、什么是错。

唯一正确的就是我的存在本身就是一个错误。我认为正确的都是错误，我所坚信的都没有用。这样的话，违背我的认知，否定我的存在，就一定不会错。

所以，就这样吧。

"对不起，我……"成濑叫着跑出了活动室，语气充满困惑和悲哀。大概她敏感地觉察出我跟小余绫之间的气氛不对劲，自以为破坏了我们的关系，觉得羞愧才跑出去的。

小余绫咬紧嘴唇瞪着我，撩了一下长发，追着成濑也跑了出去。屋里只剩下我一个人了，这倒叫我有点意外。原本应该我出去才对。原本是空洞的、没有任何价值的、干什么都不对、把故事弄砸了的人才应该出去的。

我在闷热的屋内站了好一会儿。

小余绫讨厌我了吧，这下工作泡汤了，我可以不用管她了。没事，一定会有比我好得多的作家跟她合作的，或者她一个人也能行。没错，这样最好。小余绫的粉丝都在等着她写的美文呢。我一开始就是个没用的、多余的人。

她自己写的话一定会畅销的。她的文笔比我优美，表达比我贴切，那些出场人物都比我更有活力。一切都浮现在我眼前。故事还会继续下去，每个人物都是一副幸福的表情，故事还会继续进行，永远可以讲述下去，读者们都在期待。把自己的作品奉献给粉丝，这实在太棒了，这才是一切的关键。一想到不可替代的写作热情，仅此一点也叫人温暖。自己辛辛苦苦写出的小说将会被某个人珍惜地抱在胸前，这实在太、太、太……

我一拳头压下了胸中澎湃的热流。受伤的拳头还包着白色的绷带，沾满了溢出我心的污秽毒素，很快就从绷带中渗了出来。我这空洞的身体，只有眼泪、粪便和胃酸，以及有毒的血液。一句漂亮话都写不出来，影响不了任何人，也没人会理解。无论我怎么写、写多少遍，都不行。

"你是不是遇到什么事了？"

沉默充斥着整间屋子，既使空气闷热，也让我仿佛置身冰窖一般。等我回过神来，才发现小余绫站在了门边。我赶紧把脏兮兮的右手藏在身后，拿左手擦了擦眼睛。

"没有。"我不愿她听见我沙哑的嗓音，却没能办到。

"怎么可能没有？"小余绫怒气冲冲地拖着鞋子，走进了活动室，开始翻她放在会议桌上的书包。她从包里掏出一本书，递到我面前。装帧精美的书皮已经掉了，书脊弯弯的，勒口像一朵难看的小花一样张开，封面一角还有折痕。我看到有几页已经被翻得卷起了边，破破烂烂的，写得很烂的句子也撕破了好几行。

这是名叫千谷一夜的作家的处女作。好不容易出了文库本，原本可以让更多的人读到它的。然而现实太残酷，出版社叫他停笔，于是它便不再被世人需要。

"为什么在你手里？"我的嘴唇颤抖着。小余绫严肃地看着我："九里君给我的，他什么都没说，我开始还有点纳闷，看到你，我总算明白了。"

"这……没我的事。"我避开她的眼神，轻声道。

"别骗我了。快告诉我，你碰到什么麻烦了？"

"不关你的事。"

"当然关我的事，咱们不是搭档吗？"

"我……我退出。解散，咱们各走各的。"

"你说什么？"小余绫朝我走来。我快要喊出来了，便急忙后退了几步，活动室很小，我的背撞到了书架。

别过来。

别再过来了。

别再管我了。

"那你的右手怎么了？"

"我，我不写了。"我长呼一口气。小余绫并没理会我的话："别开玩笑，都这时候了你还说不干？"

"我……"

我几次握紧包着绷带的手，皮肤和骨头都感到轻微的疼痛。

你啊，不会懂的。我写不出来了，不想写了，不干了。太痛苦了，难受死了，真不想活了。我也没办法啊，我跟你不一样，完全不同。

我的眼皮和脸颊剧烈地抽搐着。不行了，别哭，忍住，哭也没用，我这么丑哭了也只会叫人恶心。

"你要退出，那就给我一个理由，说服我。"她挑衅似的瞪着眼睛，用眼神逼迫着我。

我虽一直没有看她，却能感觉到她闪闪发光的黑眼睛，像要把我穿透一样，目光炙烤着我的皮肤。我冷笑了一声。什么理由？我早跟你说过，说过好多次了。

"小说就是一堆狗屎。没一点用。逃避肮脏现实的……"就在这时我感到右手手腕一阵刺痛，小余绫拽起我，说："你看着我的眼睛。"

她这么一叫，我反而执拗地看向了自己的脚尖。

"我说了，你有什么话，就看着我的眼睛说。"我的耳朵都快被她震聋了。

小余绫逼视着我，漂亮的脸蛋因为紧张而僵硬。眸子里两团黑色的火焰喷射到我的身上，让我错以为会被她看穿，被她侵入到思想深处。我赶紧不再看她。

"没用的。"我很自然地嘟哝了一句。她稍稍松开了抓着我的手。

"我的小说都不行,不管我写什么、干什么,都卖不出去,现在只能停刊了。我唯一想做成系列的这部小说,都怪我自己没用,现在被停刊了。"我的手腕已经不受控制,轻轻地从她的手中滑落下来。

"你笑话我吧。你说喜欢的那部小说,现在不能再写了。"

静默占据着整间闷热的活动室,我几乎听到了小余绫的呼吸。她做了几个深呼吸:"这……可是,所以……所以你就要结束我们的合作?这就是你的理由?"

"你还不懂?我不想把你的书也弄砸了。"

好热,整个身体都在流汗。所有的事都叫我讨厌,我想逃。离开这间屋子,逃开小余绫,不再写作。可是她挡住了我,把我逼到了书架前,她不许我走出这个房间。

"不会弄砸的。"我转过脸来,只见她定定地看着我,说着没有根据的傻话。

"别说笑话了,"我低下头,笑起来,"难道你不知道人家在网上怎么评价我吗?一颗星。垃圾。狗屎。才华全无。不想看,不值得读,主人公太烂、太恶心。"

还有很多。我看过,我很清楚。我全都看过。

所有的评论、他们说的、对我的侮辱。我熟悉有关我的所有评价。我把它们一句一句说出来，像念咒语一样，反反复复。

"别逃避。"小余绫蛮横地打断了我的咒语。

她伸出雪白的手臂撑在书架上，把脸凑到我的面前，鼻子几乎都要贴着我了。她的黑发顺滑地垂在我眼前，头发上的香味立刻飘进了我快要被热气堵住的鼻孔。

"喂，你写小说，难道是为了这些评论的人吗？"

"你，什么意思？"

"你写小说，肯定不是为了这些满嘴坏话，贬低别人和别人作品的人吧？"

"我……"

"你写小说是为了另外一些人，也许他们的评价你现在还没看到。可是你的小说一定会影响某些人，激励活在这个世界上的某些人。我们之所以开始写作不就是因为相信这一点吗？哪怕只有一个人，我们也想用作品去影响他。"

啊，这……

小余绫把我逼到书架前，冲着我大声呵斥，我越听越深切地感觉自己跟她之间存在着巨大的距离。

啊，这……

她这全是胜利者的理论。

"开什么玩笑，"我很自然地笑了起来，感觉很滑稽,"激励某些人?小说哪有这本事?卖座的胜利者说出来的话,也是不着边际的,一派理想的图画。"我抬起头,看向小余绫。

小余绫你告诉我,什么是激励别人?小说哪里励志了?影响读者到底是什么意思?当然啦,世界上有这么多人,有那么一个两个能被我写的烂小说感动,也不是没可能。

"这又能改变什么呢?"我绝望地叫道。

我吼着,咆哮着,捏紧拳头挥舞着。我捶打着身后的书架,把摆在架子上的书全部扒拉下来,哗啦啦地引发了一场雪崩。我把它们砸在地上,大声吼道:"激励别人?这能改变什么?增加印数吗?还是能铺上书店的展台?能让我继续当作家?还是叫更多的人来读?能不能治好雏子的病?只要影响了一个人,我就可以继续写小说?因为还有一个读者,所以不用停刊。发行部、销售部、编辑部的人会这么说吗?你告诉我,回答我。我到底跟别的作家哪里不一样了?"

我用力地抓住她的肩膀摇晃着,指甲都嵌进去了。说啊,给我一个答案,让我心服口服。可是,小余绫你知道吗?不管你说什么,你跟我都是两种人。你写什么都卖得出去,写什么都能再版,写什么读者都喜欢,写什么都能编成特辑,写什么都会有很多媒体来做宣传。你不用担心销量,不用担心今后还做不做得成作家。你可以不断收到再版的通知，继续开心地写你的小说。可我不行。我不行。我的作品不被这个世界承认，你难道还不明白吗？

"你……"小余绫咬了咬嘴唇，左右张望了一下，她不再看我，讷讷地说，"你现在只是对自己丧失了信心。你要相信自己的能力，把故事写完。你只不过现在不太走运，你没有错。每个作家都会碰到这些问题。哪些书好卖，哪些不好卖，我们谁都不知道，不是吗？哪怕现在最走红的作家，也有过完全卖不出去的经历，这种事不稀奇吧？"

"说什么相信自己的能力。我没有错？那究竟是谁的错？我该把责任推给别人？把责任推给读者就好过了？还是去怪书店？不能这么做吧。错都在我身上。都怪我写了那些无聊的垃圾一样的小说，不是吗？"

我一味叫嚷着，心无旁骛地叫着。我抓住小余绫的肩膀拼命地摇晃，把心里那些肮脏丑陋的东西都抖了出来。

"说什么有问题就去改正。说什么小说太无聊，那就努力去写些有趣的。这些对我都不成立，不成立啊。照自己喜欢的写就好了，这种美梦，成功者才有资格做，不是吗？我错了我就认，有问题我就改正。倘若不这样，还坚持以为只要写自己相信的，总有一天也能成功。这不是太傻了吗？这不等于皇帝的新装吗?"

你别再糊弄我了,让我放弃吧。就说是我的错,都怪我,我没有能力。请你这样告诉我。我不想干了。看着手里的新书,紧张地期待下次一定会畅销、下次大家一定会喜欢、下次大家一定会愿意读。我想结束这种煎熬,结束没有成果的自己。

要是我不写小说就好了。这样的话,这三年就不会这么痛苦了。

"你说啊,告诉我,告诉我实话……"我垂下头,抓着小余绫的肩膀,请求道,"说我的文章是狗屎,说我的小说好无聊,说哪能印五千本,最多只有两千本的价值。你赶快说啊,告诉我实话。反正你也不喜欢我的小说,不是吗?"

在梦里她曾嘲笑我:"那不过是想让千谷君打起精神来才说的,都是骗你的。"

我知道,我懂的。难道不是吗?每次我把写好的原稿发过去,你的回复都只有寥寥数语:不错,请继续。对我的文章,你就只有这么点感想。我知道,我懂的。其实你很为难吧。写得太差了、太烂了。你一定在想还不如你自己来写呢,对吗?

"好吧。我的小说太空洞,没一点价值。激励不了谁,也没人会理解。你知道的,对吗?"

五千本也卖不出去,被停刊了。

我的书只值这点钱。我只会写小说,所以我这个人也就这么点价值了。跟一印就是几十万本的你，差太多了。

小余绫屏住了呼吸，一句话也说不出来。

看看。

我自嘲地撇了撇嘴。

小余绫低着头，长长的睫毛伤心地垂着，雪白的眼睑覆住双眸，强忍着什么似的微微颤动。她不知该说什么，只张着嘴，露出几颗洁白的牙齿。紧接着她发起抖来，就像被悲伤和寂静冰冻的湖面，发出巨响迸裂开来一样，她颤抖的嘴唇间吐出了愤怒的火焰。

突然，我不能呼吸了，仿佛被别人打了一拳似的，身体撞到了书架上，又有几本书掉了下来，一本书拳头似的压在了我的胸口。

是一本破破烂烂的文库本。

"你别胡说八道了，"小余绫用另一只空着的手揪住我的衣领，"你真是太差劲了，你说自己很空洞？你心里充满了丑陋的妒忌和无限膨胀的认同欲，简直就是一个一不满意就耍赖哭叫的小孩，为什么你就不能喜欢你自己的作品呢？"

胸口一阵疼痛，小余绫把我的书压在我的胸口，重重地又是一下。小余绫一而再，再而三把我的书砸到我胸口上。

"请你说句实话吧，你喜欢小说，相信它，所以才哭的,不是吗?所以才会伤心,对吗?"她边问边叫,一边还拿书不停地砸在我身上。我低头看着她的脑袋。

"因为有想写的东西,想表达的东西,所以……"

我的作品,我的小说,这本书的残骸好几次砸到我的胸前。

小余绫揉搓着封面,把书重重地压在我的心脏上。她抬起头,瞪着我,黑色的双眸里燃烧着怒火。

"故事没有优劣之分,也不存在成功和失败。分不出排名。印一万本还是三千本,都没有关系。正因为如此我们才会创作美丽的故事,让大家自由地展开想象的翅膀。每一本书都一样,都非常精彩。可你为什么偏要贬低自己的作品呢?"

一双火热的眼睛逼视着我,闪闪发光,秋波盈盈。

"你不要再说那些废话了,赶紧写点有意思的东西出来,"她激动地说着,放开了揪住我领口的手,又一下子握住了我的右手,举起来说,"现在还不是你乱发脾气砸墙壁的时候,故事没有影响力,别人不理解,那就让你的文字去不断地叩击读者的心扉吧。"

她把我的右手放在自己的胸口,一边用我的拳头敲打着一边说:"确实,有些心门你敲不开,不论你怎么敲打,别人都不会懂。可……可是我认为小说能最深切地影响一个人的灵魂。对了,你有没有为敲开别人的心门而砸伤过手呢?你有没有一部小说能被拿去反复叩问别人呢?还没有伤到手就放弃,以为激励不到别人就放弃,你太对不起我,太对不起我们了。"

她又把书砸在我的胸口,像打在我的心上,激活我的心灵、激励我的灵魂那样。

可是这又算什么?有什么意义?

"我当然尝试过,"我抓起小余绫的手腕,甩开它,"我尝试了很多次,很多很多次。我努力过,写了很多,结果却成了这样。没人会理解,没有用的。太痛苦了,我不想再继续下去了。"

"会痛苦很正常,再懊悔再痛苦再难受都要写,小说家不都是这样吗?"

我们俩相互吼着,近距离地逼视着彼此,抓住对方的手腕,唾沫四溅地发泄着愤怒。不一会儿,小余绫精疲力竭地垂下了头,她握着我的手,神情落寞。她的肩膀上下抖动起来:"求你了,不要不喜欢,不要讨厌你的书,不要讨厌读你书的人,不要讨厌写小说。请你再试一次……我们一起写一部能震撼读者的小说。"

小余绫哀求着,我的胸脯快要被书本压碎了。

"你有这个能力。"

"根本没有。"

你说的净是些梦话。无论你怎么说，说得多么天花乱坠，我的心情你都不会懂的。你是成功的，你是赢家。

"你多好啊，"我对低着头的她说，"你是美少女作家，写什么都卖得出去。"

她捏着我的手腕的指头突然僵住了，气力全无。抵在我胸前的那本破破烂烂的文库本，掉在了地上，混在从书架上掉下来的书里，微弱的喘息声停止了。

小余绫许久没有抬头，时间一秒一秒地过去，当我再次感到屋里十分闷热的时候，她扬起了下巴。

"你到底为什么写小说？"

她美丽的玻璃珠一样的黑眼睛，是那么空洞。既缺少对小说的热情，也没有熊熊燃烧的怒火，只有泪珠从湿润的眼眶中涌出来，装点了她的双眸。她的嘴唇微微颤动，喃喃地说："好吧，解散吧。"

小余绫转过身，一声不响地走出了活动室，一记重重的关门声仿佛在提醒我们一切都结束了似的，闷闷地回荡在我心头。

我们两个人的故事就此结束了。

第五章　小说之神

"这么说，你真不想继续了？"安静的咖啡馆一角，河野问，我默默地点了点头。

我愧疚不已。河野总会耐心等着我的情节汇报，而我每次都让她失望，就连她为我跟小余绫策划的合作项目，我也放弃了。

"文库本的事，我觉得没必要太在意，至于和小余绫合作……你俩同年，吵架嘛……"

"我感觉自己的感受力……被否定了，"原木大桌上放着一个咖啡杯，我低头看着杯里黑色的液体，喃喃地说，"我觉得开心的事情，激动、难过、伤心、痛苦，以及战胜困难后心里涌出全新想法，我的这些感受大家都不接受。"

"可是你不放弃，继续努力下去呢？"

"你是说我之前没努力吗？"

"这……"河野被我问住了。

"我的小说太无聊了，就这么回事。"

"千谷君……"河野轻轻咬了一下嘴唇，低下头来，"我从来没觉得你的作品无聊。"安慰能改变什么呢？能增加我的印数、把停刊的故事继续下去吗？

不等我反驳，河野继续说道："没错，通过一部作品的时代感，我们大致能预测出它会不会卖座，否则也不会设立销售企划部来确定印数。对可能好卖的书，我们就增加印数，这样书店里就能多铺一些。如果你非要说这种预测就表示书是否有趣，那大概就算吧。在这方面你的书似乎是有所欠缺。"

突然，我的肚子一阵刺痛。

河野直视着我说："可我并不想和你做这种迎合时代潮流的东西。相比我们废寝忘食，一遍一遍地读，一次又一次地改，让不知能否卖座的书摆到书店里去，单纯去做一本迎合潮流、肯定能卖座的书要简单多了。这样即便成功了，也不过就是一本时髦的书，读者完全可以去再找一本来替代，我可不希望你写的作品读者一看完就扔了。"

我紧紧地盯着极力说服我的河野。

"每个人都会有一本刻骨铭心的书吧。那种搬过几次家也舍不得扔掉，一直收在书架上的。陪伴着自己长大，想着有朝一日留给孩子读的、帮助自己形成人生观的那种。"河野垂下眼帘，语带爱怜地说着。

我想起小余绫在看到爸爸书架时说的话：我知道，你是被这些小说塑造成现在这样的。我能感觉到，因为这些书都受到很好的呵护。

"我想跟千谷君写一本能叫读者铭记的书。我觉得你能办到，即使这次不行，还有下次。"

我立刻开了口，同时落了泪："我就想卖座，哪怕别人看完就扔了。"我不想当你的试验品，你的桌上每年都有几十本书送来。就算失败，你还可以去抓下一批。可是我的作品，我写的就只有一部。如果它得不到好评，没有人喜欢，卖不出去，那就再也没机会出版了。

曾经也有编辑轻描淡写地跟我说，如果不甘心就在下部作品上多下功夫。他还说作品就是作家的孩子，这话实在可笑。如果你的孩子被别人看不起，你也承认他有问题，你会去重新生一个吗？会抛弃那个被侮辱被嘲笑的孩子，把希望寄托在下一个身上吗？是啊，我的作品等同于我的孩子。我历经千辛万苦才孕育出这个世上无双、不可取代的孩子，它若不被接受，我可不忍心丢下它再重新去创造一个。也许我太任性了吧。专业点的作家，一定会马上忘掉这一切，从头来过。而我做不到，这本身就说明我没资格当作家。

河野不再说话，只是静静地看着我流泪。

"请不要再劝我了。"

"可是你妹妹怎么办？没事了吗？"

"所以，我打算把写小说的时间都用在打工和学习上，考个好大学，进个好公司，找一份收入稳定的工作。这样对我们全家都好。"

印数越少，给我的机会就越少。

有约稿的话，就算每年撑足了写个三本，每本印三千册，还都是定价在一千八百日元左右的精装本，那收入加上版税就是五十万，三本就是一百五十万，减去七七八八的杂费，一年到手也不过一百万，那岂不跟我爸爸一样？他之前的收入就这么多。今后出版界的竞争更加激烈，收入还会更低。我可不想跟爸爸一样给全家人添麻烦。

"是啊，我没资格强迫你，你还是个学生，得考虑自己的未来。如今真正成功的作家也就那么几个。我也不过在公司体制下厚着脸皮讨生活而已，不能不负责任地让你独自写下去。你将来也得生活啊。"

"对不起，让你失望了。"我深深地、深深地向河野鞠了一躬。她永远都在等我的原稿，而我始终没有做出成绩，我的小说人家只给一颗星。我只是一个被停刊的、没用的作家。

"我见过很多人，"河野平静地说，"不管是小说家还是漫画家，都梦想着自己有一天能卖座，有一天能成名……后来他们搁下笔，退出了。摆在书店里的永远都是成功者的作品……可是大部分的作家都差不多。我见过的大多数都是这样的人，成功者寥寥无几。"河野继续说："我会一直等着你的。如果你哪天又想写了，别客气，跟我说，我等着你的故事。"

我没法回应她直截了当的目光，垂下眼帘："你为什么总等着我?"

"这不是明摆着的吗?"

我低着头,只能看见桌子和上面的咖啡杯。可是我感觉到她笑了:"因为我是你的粉丝啊。"

*

"嘭。"我刚进病房,一个枕头就飞了过来,直接打在我的脸上,把我砸了个趔趄。同病房的人都笑了起来:"你俩关系可真好。"

我向各位阿姨道了歉,把枕头还给妹妹,没想到雏子一本正经地看着我:"哥,请到这儿反省一下。"

"到这儿反省?你是要我跪到地上去?"

"哦,我说错了,请你反省一下你的人生。"

"什么意思?"如果我的人生能够重来,那我简直要高兴死了。

"算了,你先坐下吧。"我按照她的命令,把带来的东西放在地上,正要坐下。

"啊,真可惜啊。"

"什么啊?"我不去管她,在椅子上坐了下来,看了雏子一眼。她抱着脑袋,嘟嘟囔囔:"女神的芳华都给哥哥浪费了啊。"

"拜托你能不能说人话。"

妹妹清了清嗓子,在床上坐正了:"哥,我这两天都陷进烦恼的旋涡里去了啊。"

"啊?"

"第一,最近哥和妈妈都没有来,要洗的衣服积了很多,这你怎么解释?"

"哦,抱歉。最近太忙了,妈妈也正好碰到校对收尾,昨天弄到半夜五点才到家。"

"半夜五点也叫半夜?不是早晨吗?"

"然后八点又出门了。"

"那她回来干什么?"

"编辑的生活没人懂。"

我觉得河野他们一定是住在出版社的。

"不过,我把换洗衣服之类的都带来了。"我指了指放在地上的纸袋,雏子满意地点了点头。

"那还有一个。下面这才是正题。"

"啊?"

"不动诗止来过了。"

"啊?"我惊讶得还来不及眨眼,雏子就又抱紧了枕头说:"那个,哥,到底怎么回事?我的开衫和短裤怎么会穿到不动诗止的身上去的?你到底对诗止做了什么啊?你这个变态色情狂。"

不等我回答,她就举起枕头朝我一阵乱打。真痛。

"等等,听我说。"

"讨厌,下流,卑鄙。你这个笨蛋,竟然玷污我的诗止。"

什么时候不动诗止成她的了？

我赶紧一把抓住砸在我头上的枕头，缴了她的械，一边不住地向开心地看着我们兄妹俩打闹的同病房病人道歉，一边转向雏子："你吵到大家了。"

"啊，真是对不起大家，我哥哥竟然是强奸犯……就算对方再怎么漂亮，我都没想到你会有那个勇气，去撕人家的衣服，干那种事。作为一个人我实在感到羞耻，我替哥哥向全人类道……"

"你好好听我说。"

"啊。"我把枕头敲在妹妹的头上。

"她被雨淋了，我把你的衣服借给她穿，就这样，你难道没有问过她吗？"

"我问了，她垂下眼睛，好伤心的样子。"

"肯定是故意的，她人品很坏的，"我叹了口气，又在椅子上坐了下来，"她什么时候来的？"

"就是四天前。"

"哦。"那应该是我们俩结束合作前了。

大概小余绫看到我好几天没去学校，有些担心，便来找妹妹了吧。也有可能是我之前曾托河野转告她，因为我妹妹的病，自己最近想把工作暂停一段时间，她才来看雏子的。这么一来，她一定知道我撒谎了，我不由得心中发窘。

"那小余绫说什么了吗？"

"啊,是啊,不过,"妹妹突然探出身子说,"那个,那个,她带了蛋糕来,我们一起吃的。不动诗止的蛋糕欸,著名作家不动诗止给我蛋糕欸。真的是全世界最好吃的蛋糕。"雏子激动得两眼发亮,手舞足蹈,根本看不出她得了不治之症,她非常非常开心。

"对了,我那天突然手很麻,就跟她说,我有点不太舒服,请喂我一下。啊,就这样,结果诗止脸红了,不过为了我,她还是照做了,说:'好,吃吧。啊。'"

"真该让全国的不动诗止粉揍你一顿。"没想到我妹妹会是这么一个差劲的粉丝。

妹妹又继续眉飞色舞地跟我讲了一些与小余绫的谈话。小余绫说自己借了她的衣服穿。雏子说小余绫没有直接把那件衣服还回来,而是准备新买一件给她。

"其实我一点都不介意衣服给她穿过呢,她穿过的还更好。不过她肯定会洗干净的,上面留不下她的气味,那让她帮我选一件也不错。"

我妹妹这个粉丝是不是有些变态啊?

"所以我们约好下次等我能出去的时候,一起去买。啊,要人家出钱好像不太妥当吧,我就跟她说,我哥哥会付钱的,我很了不起吧?"

"喂,喂……"那还不如叫人家直接买给你呢。

她可是比我跟爸爸都卖座的作家啊。

"所以，我现在超想出去的。"

从窗外射进来的夕阳照亮了正在做梦的雏子的脸。

什么时候她才能被允许外出呢？妈妈跟我说过她的状况，要外出恐怕没有这么容易，可能要等下次手术以后吧。那还得几个月呢？而且手术也不能保证百分百成功。雏子知道这些吗？

她应该是知道的吧，我还是觉得妹妹激动的样子太阳光了。

"啊，哥，你看，这个。"我正发呆，妹妹递来一本书。一本装帧很可爱的文库本。小余绫诗止的处女作。

"你看，她给我签名了。传家宝，传家宝哟。"雏子笑容满面地翻开书。我第一次看到不动诗止的签名，笔锋生硬但很流畅，竖着龙飞凤舞地签着不动诗止四个字。

"她的字这么差？"我皱着眉头对雏子说。这几个字往好听里说也不算漂亮，大概手有点抖，字有点歪，写得很急的样子。

"她说旁边有人看，很紧张啊。"

"哦，这样啊。"小余绫那种人居然也会紧张。也许是雏子这个粉丝两眼放光地盯在一旁的缘故吧。

"怎么样？不错吧？"雏子小心翼翼地捧着书，

"对了，哥，你跟诗止的小说怎么样了？顺利吗？"

突然妹妹期待地看向我，我只好避开她。

"嗯，那个，不……"

结束了。

我跟小余绫已经不再合作了。

你再也看不到你想看的小说了。

可是我觉得小余绫还会跟雏子交往。她会另外找一个作家，或者她自己会去把故事写完，所以……

"不，还没有。"我垂下眼睛，讷讷地说。

"哦，那哥你可别给诗止添乱。"

"嗯，我知道。"我不敢正视妹妹的脸。我岔开话题，从开着的纸袋里掏出文库本，是雏子一直想看的书，有些家里原来就有，还有一些是从书店买来的新书。

"哇，谢谢哥。这本是我想看的续集啊。"雏子把收到的礼物像玩具似的摆在床边的小桌子上，两眼熠熠闪光。突然，她问道："哥哥你的书呢？"

"我的……"

"妈跟我说了，你的处女作不是出文库本了吗？没带来吗？"

"啊，那个，不算什么啦，那本。"

"啊，不要。那是哥哥的第一本书呢。哥哥写，我看，之后才有的千谷一夜嘛。我还想再看一遍呢，为什么不带来啊？"

我的第一部作品。

我写的,叫妹妹兴奋、开心的那个故事。

一个十四岁少年写的,那么幼稚那么无趣的故事。

你为什么写小说?

我耳边又响起了小余绫反复问我的这句话。那天,我用空洞的眼神,难过地跟小余绫说要结束合作。你为什么写小说?

"哥,你开心吗?"我一直低着头,紧紧地盯着地板,听到妹妹问,便愣愣地抬起了头。雏子温柔地笑着:"诗止说她很开心,非常非常开心。"

"开心?"

"她说跟哥哥一起写小说,合作创作,好新鲜好刺激,看到自己的故事在哥哥手下一点一点变成句子、段落,她好高兴。"雏子羞涩地笑了低下头。

"还是开心最重要。当然,我看哥哥写小说的时候,也不全是开心的。可……可……还是开心最重要啊。我希望哥哥能开开心心地去写小说。"

"我……"

我怎么样呢?

小说就是痛苦。除了叫人绝望,没一点用处。

合作写小说一定挺不错的。

两个人一起写。

我说小说不能励志。

小余绫说能。

那天就在这家医院的院子里，小余绫斩钉截铁地说，小说有震撼人心的力量，能给人希望，我要证明给你看。

"那个……"雏子好像有些话不好开口似的，她握住了自己的两只手。大概有些事小余绫不让她说吧，叫她别告诉我。

"诗止现在写得很苦呢，好像最后一话，她怎么都写不好，遇到瓶颈了。"

好想早一点读到诗止和哥哥的作品。

估计雏子太激动，小余绫诗止才吐了苦水。这可不像不动诗止的风格。我所认识的她在粉丝面前通常会说："谢谢，正写着呢，一定会是一部好作品的，等着瞧吧。"

小余绫却吐了苦水——不顺利，遇到了瓶颈，所以不知道什么时候可以完成，不过，还是等等看吧。

难道她在写作上也会遇到棘手的问题？

"所以哥你要帮她。"

我没法回答。为什么我不能答应妹妹呢？我逃也似的站了起来。

打工时间快到了。

"对不起啊，留你一个人。"我尴尬地抓起装着换洗衣服的纸袋子，不看她。

"没关系。"雏子的声音有点落寞。

"我知道，哥哥是因为我生病才拼命写小说的。不过，我最想要的不是治病的钱，而是哥哥给我写的小说。把我从这个狭小的病房里带出去，带到阳光世界里去的哥哥的小说。"妹妹快活地说着，"我等你，会一直等着看你的书。等着哥哥和诗止合作的书。然后跟哥哥和诗止一起去买衣服。我有好多事想去做啊。所以一定会没事的，手术我能撑过去，小事一桩。"

我转过身去，热泪盈眶地看着雏子。我知道妹妹也在想这些，也在害怕万一，可是她脸上带着微笑。我的妹妹，她跟我截然不同，她真是一个坚强的女孩。

妹妹抿嘴笑着，好像在说，只要有期待就有希望。"所以哥哥你一定要让我读到哦，把我带到阳光世界里去。用哥哥的新小说。"

*

我为什么会写小说？

至少我写小说不是为了粉碎雏子的希望。可是我还是不知道要做什么、怎么办、如何努力、怎么改善。我百思不得其解。

自从不再和小余绫合作，我在教室里看到她，倒也不觉得她有什么不同。她在同学们面前依然昂首挺胸，举止文雅，一副笑脸迎人的姿态，完全是个引人注目的转学生。她的座位在我边上，她坐在那里，头发散发出来的清香，让我好不郁闷。我尽量低着头，不看她，故意不去注意她是否存在。叫小余绫诗止的转学生从来就不曾出现在我的生活中。即使生活在同一个世界、同一种行业里，她也只站在与我相隔甚远的阳光世界里。因此一切都还是老样子。她怒气冲冲的眼神，无聊地托着下巴盯着笔记本的双眸，本就和我无缘。啊，这个写法好。我的脑中浮现出她的笑脸。好了好了，别闹别扭了，快写，我在帮你看着呢。

这些都已经与我无关了。

午休时，我逃出教室，在校园里徘徊，这时手机不停地响。我跑到没人的走廊角落里，接起电话，是九里的。

"到活动室来，"他单刀直入地说，一句客气话都没有，"小余绫和成濑都不来参加活动，你也是。"

"碰巧了吧。"

"总是碰巧啊。好了，一也，反正你现在过来一趟。"

"为啥？我……"

"我是文艺部的部长。如果成员之间出现什么问题，我得掌握情况。你想让我为难吗？如果秋天学校文化祭上我们拿不出刊物，没有成绩，大家都挂名，文艺部就办不下去了。我可不想失去你们这些能帮我写稿子的宝贝。"

我永远都拿九里没辙。

我大概也不想失去他这独一无二的朋友。能将就着跟我这种人做朋友的也只有他了。以后可就不一定了，我不能老给他添麻烦。至少我有义务跟他汇报一下。

"知道了。"我挂了电话，向活动室走去。

*

我不想让九里看到我哭。他应该也不愿意看一个男生哭。所以我一直低着头，轻声地讲了跟小余绫之间发生的事，还有文库本被停刊的经过，以及自己把气撒在成濑身上，后来又被小余绫教训了一顿。这样中止合作就不能怪我了吧。

每当说起文库本被停刊的事，我的心就火烧火燎地痛。失去了亲人，一个人的心和感情肯定一片混乱。我是失去自己的宝贝，被废弃的人物，被废弃的故事。这些我最深切的怀念化作泪水马上就要溢出我的身体了。我本想做成系列的一部小说被叫停了。光是这句话，就会让我不断地想起那部被停刊的作品。书中人物的恋爱会怎么发展？我让女主角经历了一段伤心的恋情，还想着给她一个圆满的结局呢。男主角的梦想破碎了，我还打算为他重新站起来写一本书呢。女主角没有一个可以依靠的朋友，总是孤孤单单的。不过当主人公知道了她的烦恼，他们一定会成为更加亲密的伙伴。没关系，你马上就不再孤单了，我会为你准备一个幸福的故事。所以没事的，没事……然而，抱歉，我没机会了，我做不到了。

一切都涌了出来，变成眼泪流了出来。

"我……不当作家了。不好意思，业余也不想写了。对不起，刊物的事你叫其他成员吧。"

九里坐在他常坐的那把椅子上，侧面对着我，很认真地听我说。

"所以你就跟小余绫和成濑胡说八道了？"

"不是的，"我摇了摇头，"没胡说，我是认真的。"

"是吗？"九里说，同时重重地叹了口气。

"如果以写作为生、认真工作的人这么说，那大概就是真的了吧，我只不过是个书呆子，也没资格反对。只是，你不再跟小余绫合作真的是因为这个？"

"小余绫，她太理想化了。她满口都是成功者说的漂亮话，根本不懂得弱者在想什么，也没打算去解决我们作家面临的问题。她是被大家追捧的作家嘛，她不需要解决这些。我跟她这种人合不来。"

九里，你知道吗？我跟她合作的那部作品的大致内容，那真是一个美丽的故事，又温暖又可爱，稍带一点悲、一点苦，是一部非常棒的作品。小余绫是个天才。相反，我……

"我不想把她的作品搞砸。"

"不动诗止的作品？"九里说着，缓缓地站起来，"一也，这个满嘴漂亮话的不动诗止，她的作品你读过几本？"

"干吗突然问这个？"我抬起头看了看他，镜片后面九里眯缝着双眼，目不转睛地盯着我。

"别管那么多，你告诉我。"

我被他问得有点莫名其妙，迅速地在脑子里计算了一下。小余绫是个快手作家，出道第一年就连续出了几本。我读过："四本，不，五本。"

"这么说她出道第二年的作品你一本都没读过喽。"

"这……"我语无伦次地应付道，"我故意不看的。她跟我同年，又比我有才华，读了只会叫我难受，不是吗？"

"那你知道不动诗止今年出的书书名是什么吗？"

"不，"我摇了摇头，"我尽量少去书店，也没去注意新书信息。她写了什么？"

"没有。"

听见这话我赶忙眨了眨眼睛，没有听懂。

"没有？"

"她今年一本也没出,她已经半年以上没有写过新作品了。"

半年没有出新书。一年写五六本书的不动诗止今年竟然一本书也没有出?

"为什么?"

"嗯,"九里微微耸了耸肩,"杂志上的访谈说她这段时间想专心学业,可我不知道是不是实话,如果她要专心学业,干吗要跟你合作?"

"这……"

"我有点眉目了。我做过调查。如果你认为她只是一个满嘴漂亮话的成功者,那你最好也了解一下。"九里从口袋里掏出手机。"我发几个新闻报道的链接,你回去后看一看。"

*

几天后,随着七月初期末考试的临近,教室里的气氛渐渐紧张起来。大家不再热衷于聊天,都在翻笔记加紧各科的复习。

"我说那个小余绫吧,"一天课间休息,碰巧小余绫出去了,有个女生随口说了句,"从不借笔记给人看。她那么聪明,借笔记看一下有什么关系。"话音刚落,周围的女生立刻异口同声地表示赞同。

"她在以前的学校不也是第一名吗?笔记到底是怎么做的呢?"

"字肯定很漂亮。"

"说不定是字太丑，所以才不借的呢。"

"啊，那我太失望了。"

大家在背地里戏谑了几句，言语还算客气。看来她平时在班里人缘不错，大家才不至于说得更难听。

语文课一开始，教室里自然就安静了下来。班主任小野老师今天外出有事，发了卷子下来叫大家这节课上自习，选的篇目是中岛敦的《山月记》。这篇文章我一看就浑身不舒服。大致内容是讲一个胆小鬼的自尊和他巨大的自卑相互冲突，主人公不敢承认自己无能，却又不去努力进取，最后变成了一只老虎。

我看了一眼发下来的卷子，是叫我们针对主人公李徵找出几个描述他个性的部分，以及就李徵这个人物写两百字左右的读后感。我以前很擅长做这类题。初中时曾做过一道描述作者心境的，我半开玩笑地答了个"截稿日期和印数"，竟然全对了。

然而，类似这种题目一般很难打分。我有几篇登在杂志上的短篇小说曾被用于小升初和中考的试卷。我一般事后才得到通知，跟通知一起寄来的考卷和参考答案常常叫我感觉很困惑。这类问题即便作者本人也不好解释。

我答着题，想到这些不禁轻轻哼了一声。看都不想看的文章。垃圾。毫无才华。被读者如此嗤之以鼻的作者,他的文章竟然会选到考卷上,这事实在滑稽,同时我也对考生感到抱歉。那些考生如果知道文章的作者竟是自己的同龄人,一定会气疯的吧。

教室里十分安静。只有笔尖在纸上发出沙沙声。

虽然教室里并没有代课老师监督,但期末考试快到了,学生们都十分用功。我答得很快,早早就搁下了笔,剩下的时间变得有些无聊,我突然很好奇小余绫会怎么答。她是因为自己也写小说所以比较擅长这类题目呢?还是在感叹每个人对故事的理解都不相同?我的脑海里一遍遍地浮现出小余绫说自己喜欢小说时的身影。就连她教训我时的姿势都深深印在我心里挥之不去。不行。别去想小余绫了。我们已经毫无瓜葛,难道你忘了吗?

即使有九里说的那么回事,也跟我无关。

不过我还是朝正伏在隔壁座位上答题的她看了一眼。

小余绫诗止握着笔,看着卷子。我屏住呼吸,望向她。她好像要把卷子盯出一个洞来似的,一动不动,僵硬发白的手指紧紧地握着笔,微微地发抖。苍白的嘴唇,一张一合地大口喘着气。她的刘海被汗打湿了粘在额头上,整个身体因为反复地深呼吸而上下起伏。

她踌躇着该如何下笔,刚准备写又停了下来。

发白的手指把笔握得更紧了。她的笔尖划过试卷，在空白处留下一些没有意义的痕迹。汗从她额头上流了下来，她的眼珠左右转动，眼神仿佛在努力，很痛苦、很悲伤又很无力。

她动了动嘴唇，咬住了，又咬紧了牙关，汗还在淌。她动了动笔，要写些什么。她的脸色越来越苍白，汗水一滴一滴地往下掉。小余绫的卷子上一片空白。

这时我恍然大悟。

我环视了一下四周。有没有人关心一下？她病了。谁能关心一下吗？她病了啊。有没有人会关心一下？谁来带她去保健室吧。趁她现在还撑得住，谁关心一下吧。你们不都是她的朋友吗？

我咬住了嘴唇。跟我无关。我跟她已经没有关系了。不能去管闲事，我也不想管。我没脸管她的事。我是丑陋的野兽，弄砸她故事的魔鬼。我只会伤害她，叫她难受，我是一无是处的垃圾。所以，所以……

小余绫痛苦地呻吟着，声音低低的，快听不见了，至少我感觉如此。我这么认为。

我拉开椅子，站了起来，有几个同学看了过来。小余绫始终盯着卷子，胸脯剧烈地起伏着。

"喂。"我抓住了她的胳膊，她又细又软的胳膊露在短袖衬衫外面，冰凉冰凉的。

小余绫痛苦地抬头看了我一眼。

"她好像病了,我送她去保健室。"我冲教室里的同学说了一句。小余绫轻轻摇了摇头,用很微弱的声音说:"没……没事。"

"怎么可能没事?"

"那……那叫保健委员。"一个女生站了起来。

我伸手制止了她:"卷子我早做完了,而且我就是保健委员,让我去吧。"

我搀着小余绫,轻轻扶她起来。她同意去保健室了,虽然很不情愿地瞪着我,身子已经摇摇晃晃地站了起来:"我自己……能走。"

"好,你慢慢走。走不动就抓住我。不然还要保健委员干吗?"我说着,把小余绫带出了教室。

我看着她慢慢往前走,对自己说——

对啊,我是保健委员。所以没办法,我得送她去保健室。

*

糟糕,保健医生不在。

我赶紧叫小余绫先坐在病床上,催她躺下。可是她愁眉苦脸地摇了摇头,没有说话。

"坐着舒服一些?"我问。她点了点头。

"好。是不是不要人打扰?"我又问,她这回还是皱了皱眉,用手帕捂住了嘴,蜷起身子看向我。

我忙去柜子里找了个污物袋来，放在她床边，然后拉上布帘，转过了身子。我在医生的圆凳上坐了下来："我就在这儿，有事叫我。如果你想一个人待着……"我还没说完，就听到身后的布帘被拉开了，她没有说话，稍显困难地喘着气。

"好吧，我就在这儿待着。"我没有转身，回答道。

好一会儿我都没有开口，等着她慢慢恢复。

"谢谢。"她的声音非常微弱。

"哦。"

"我没事了。"她虽然这么说，声音依旧很难受。

"叫你见笑了。"

"别这么说。我也会这样，还有我妹妹，很平常的。"

我听见身后轻轻的呼吸声："谢谢你照顾我，你转过来吧，没事的。"

我挠了挠脑袋，转过身，重新坐直了身子。透过布帘的缝隙我看到小余绫蜷着身子坐在床上，脸色并不好，苍白的嘴唇较之刚才有了点血色。大概她拿手里的手帕擦过汗，平时整齐的刘海微微有点乱，露出雪白的额头。

"你好像很了解我似的，吓了我一跳。"小余绫声音非常轻。

"说穿了，其实很简单。"

我很清楚小余绫得的病，这是一种精神紧张。

每当我小说进展不顺，或者受到读者的严厉打击，也会发生类似的症状，只是没小余绫这么严重。还有雏子，不管她多么坚强，可是毕竟只有十四岁。当她对自己的未来、自己的病情感到不安时，也会身体不适。一般这时我都很怕吵，不管什么声音，人家跟我说什么，都会让我很不舒服。而且我非常不愿意被别人看到自己紧张不安的样子。一旦有人跟我说话，紧张和不快就全部爆发，并且想呕吐。相反如果边上没有人，我又很害怕。其实最好的方法大概就是有人在身边默默握住病人的手，可小余绫跟我毕竟没有那样的交情。

　　总之，我跟妹妹发病时都同样会紧张，所以我觉得小余绫应该也差不多。至于其他同学……比如叫小余绫的朋友来照顾，他们会不停地询问，说不定反而更加重她的紧张。

　　小余绫抬起眼睛，看了我一眼，像是有话要说，不过又飞快地低下头，喃喃地道起歉来："对不起啊，真的没什么的，只是稍微有点不舒服。"

　　如果你想分这么清楚也行。我只不过作为保健委员，碰巧把身体不舒服的她带到保健室来而已。所以我完全可以把逐渐康复的她一个人留下，自己回教室去。我们俩已经没关系了，没必要有瓜葛。再牵扯说不定我身上丑陋的恶魔又要伤害到她，把她的故事弄砸了。

所以哥你要帮帮诗止。

我闭上眼睛,努力控制着从空虚的身体中涌上的一股热气。我想起小余绫讲故事的开心语调,第一次听见时,竟叫我联想到在图书馆讲故事的大姐姐。当时我就知道她是打心里喜欢写小说的。之后我们讨论争执的次数越来越多,我也越来越清楚小余绫是真心喜欢写小说。

所以小说之神也特别地眷顾她。

"那个……"我问。我知道问了就收不回来了,可我还是忍不住,"莫不是你已经不会写字了?"

听我这么说,小余绫猛地抬起了头,惊讶地瞪大了眼睛。她张开嘴好像要说什么,却没有说出来,她既没有肯定也没有否定,态度上早已承认。

"用笔不行,电脑也不行?"

"你怎么知道?"她痛苦地皱起双眉,雪白细长的脖子动了一下。

她不停地眨着眼睛,长长的睫毛像降临的夜幕一样,静静地垂了下来。她的两只手抱住了自己柔弱的肩膀。

"我懂的……我跟你不一样,我不会写侦探小说,所以不会唠唠叨叨地告诉你事情的前因后果。"

可硬要我解释的话——

225

小余绫每次发短信都只有简单的一句话，不仅是对我，对班里任何一个人都一样。这是以前纲岛利香在背后议论小余绫的时候，我听到的。这说明小余绫有不得已的原因，不得不把短信写得很简短。不，不单是发短信，或许她也没法用电脑来组织文字。这就解释了为什么她的小说情节没有形成文字，而全靠口头讲述的疑问了。

那手写呢？跟小余绫漂亮的签名比起来，她给雏子的题字看上去歪歪扭扭非常僵硬。虽然她说是因为雏子在边上看，她很紧张。大概还是有其他原因吧。她的朋友们说她从来不给人家看她的笔记本，这事更坐实了我的推测。她没法写字，或者是近乎写不了字。刚才我看到她拼命要往卷子上写答案的样子，就确信自己判断得没错。之前在课堂上，她经常要往笔记本上记板书、答考卷。可是刚才那么紧张，一定是因为题目里有作文的关系。

"你告诉我，这事什么时候开始的？"

小余绫仍旧抱着自己的肩膀，低着头。

"半年前，或者更早……"

她一个字一个字地说，像一滴一滴的雨点："你可能……不相信……突然有一天，就不会写了。写一些自己看的便条、数学算式、让别人看的没什么意义的句子还好；一旦要表达想法的时候……脑子就一片空白，身体僵硬，完全不知道要怎么办。不管是用笔,还是用电脑,都一样。"

小余绫喃喃地往下说。我去医院检查过,可脑子和身体都没有问题。医生说大概是精神上的原因,所以我一直在看心理内科,总也没什么起色。如果逼着自己写,头上就会出汗,紧张得胸闷,喘不上气,像要死掉一样。就算能写,手也会发抖,写的字人家没法认。如果是用电脑,就总打错,要修改就会恶心。

平时抄板书、答考卷倒还好,可偶尔也会紧张,字写得歪歪扭扭。所以没办法把笔记借给同学看。一旦要我向别人发短信,发表想法就不行了,我只能强忍着恶心用手机里的文字智能转换功能。

"很可笑吧?"她自嘲地说,咽了一口唾沫,"小说家竟然莫名其妙地不能写字了。硬要写,就会变成现在这样。"

这事一点也不好笑。

我想起爸爸收集过一份资料。

人脑是一个很复杂很奇怪的构造。许多身体疾病都是精神引起的,比如失语症。患者的头脑和身体都很健康,可一遇到压力或者精神上的外伤就发不出声音来。所以我觉得碰到要表达想法的时候,就写不了字,也很有可能。我自己也曾因为写小说而呕吐过。由于心理受伤的程度不同,应该还有更严重的症状。恐怕这就是大脑机能紊乱引起的生理反应，单靠努力和毅力解决不了。这是一种不知道能否治愈的伤痕，属于心理上的外伤。

"你知道发病的原因吧？"

小余绫还是不看我。我想到了九里给我看的那些报道。

网络上那些不忍读下去的难听话像亮出的刀刃一样到处飞舞。很多人还故意把这类网页都综合起来，搞出一个报道链接来盈利，九里跟我讲的就是其中的一则，里面收集了很多有关不动诗止的报道。

我越看越觉得恶心，越看越想对这个世界的不讲理和丑陋发出绝望的怒吼。

一切都源于一场风波。

有个名叫舟城夏子的作家，是一个四十多岁的资深作家，她每本书的初版就能印上万册，创作过不少优秀的作品，非常有名。她十分擅长细致、准确地挖掘隐藏在丑恶人性中的希望和温情，粉丝大多数是年轻女性。

一天网上公开了一则报道，说不动诗止的新书在情节设定上跟舟城夏子的新书十分相似。而且两本书的出版时间也很接近，舟城的稍微早了几个月，所以有读者怀疑是不动诗止剽窃了舟城夏子的作品。

他们开设了好几个举证的网页，在网上散布不动诗止的各种流言。两部作品的设定确实有相似之处，光看内容简介的话也许大家都会同意，至少那些举证网页上的报道是按这个路子引导读者的。显然这些都是舟城夏子的粉丝无中生有，这种小事跟普通人并没有关系。可世上就是充满了敌意，就有很多人想故意伤害他人。不动诗止碰巧成了他们的目标。

大概很多人原本就不喜欢不动诗止，觉得她不过是个美少女，一个十四岁的可爱少女怎么就奇迹般地出道成了作家。我之前也这么想，在那些没有读过她作品的人看来，这种事简直是天方夜谭。所以不动诗止从一出道身边就嘲笑不断。可她并没有被打倒，继续全心全意地写她的小说。直到出现剽窃风波，一切才全面爆发。那些心怀恶意的人统统把刀子插到了不动诗止身上。他们觉得开心了、愉快了、满足了、活得有意义了。

很多人贴出了小余绫活动的地方和照片。大概不动诗止也做过反击，很多报道和消息中还留着被删除的痕迹。比如有篇报道题目叫《成功偷拍到美少女作家裸照》，里面的照片被删了，可是看它后边的评论，就知道照片像是一组拼图。就算这样，面对网络上的大肆报道，恶语中伤，小余绫当时到底是怎么样的心态呢？

不动诗止因为宣传的关系，在网上有个账号。有报道记录了许多舟城夏子粉丝攻击她账号的情况。"盗版女，出来道歉""剽窃别人的作品就是盗窃，你连这也不知道？""做错了事就要道歉，这是基本常识吧，不动诗止连这点常识都不懂吗？""我们已经找到了很多证据，看看我们的网页吧。赶紧道歉""为什么不道歉？难道觉得自己长得漂亮就了不起了？""一定是请了枪手吧，那就出来说是枪手剽窃的，跟我没有关系""不动诗止读的是××学校吧。我刚才打电话过去，教导主任说不动诗止不是他们学校的学生。学校怎么能撒谎呢？难道要包庇学生剽窃吗？问题很严重吧？"。

我看到这一连串的脏话。
我看到了恶意的刀锋。
小余绫是个好胜的人，起初她一句一句认真地回应着人们的指责。

"我没有剽窃。通常一本小说从完成到出版上架，需要好几个月时间来校对、装订。所以从出版时间，就能很清楚地知道我根本不可能剽窃舟城老师的作品。以下是可信度很高的鉴定链接。"
"拜托大家。我很理解大家对我的关注，只是请不要将我的家人跟学校卷进来。各位目前的做法已经妨碍了他人的隐私，是违法的。请你们不要到学校门口来，或者打匿名电话，这些都会引起同学们的恐慌。而且此类电话已经影响了老师们的正常工作，请不要给老师造成不必要的麻烦。拜托各位了。"

然而，恶意面前没有道理可讲，人的恶意既肮脏又可怕。

"剽窃的人还说什么隐私""请把包庇罪犯的学校名字登出来""轻易就能跟同事上床的不动，只要稍微动动手就能得到其他出版社的校样。所以说不动是在跟舟城夏子的责编睡觉时，早早就读到了舟城的新作了。好了，谎言戳穿了""最近美少女作家不出来说话了，不热闹啊""赶快召开记者会，出来谢罪""被出版社封杀了""抵制购买剽窃犯不动诗止的小说。请同意的人发推特，一起把真相扩散出去。不动诗止不出来谢罪，删了账户逃跑了，这种行为不可饶恕"。

速报。不动诗止从学校逃跑了。

我想起今年春天，小余绫在开学后的几天才转到我们学校来时的情景。她孤傲地站着，像一把锋利的宝剑，美得那么冷艳。我当时竟没发觉她背后还藏着这样的伤痛。如今她抱着自己的肩膀，颤抖着、喘息着、痛苦着，蜷缩着身子坐在床边，绝望地紧紧咬着嘴唇。

"是啊,你知道啊。"

我以为小余绫会哭。她淡淡地一笑,低下了头。

"这事上网一查就知道。"

"你一点都写不了了?小说……"她轻轻地点了点头:"刚想写,脑海里就会浮现那些谩骂,它们一句一句涌出来,摧毁我的创作。我几次尝试去遗忘,可当时的恐惧又在身体和精神上折磨我,我都不记得该怎么走路、怎么呼吸了。"

小余绫悄悄地松开了抱着肩膀的手。好像寻找什么似的,呆呆地看着张开的双手。她痛苦地开了口,把堵在嗓子里的脏东西都吐了出来:"有时候我会听见有人在我耳边窃窃私语,他们故意嘲笑我,说我的坏话。我觉得人性太丑陋了。到最后,就连从来没有读过我和舟城老师作品的人也来攻击我。快道歉、快点谢罪……手机里都是这类短信,学校里电话铃响个不停,家里还收到夹着刀片的恐吓信。为了瞒住家里人,我不知道有多难。"

"没跟家里人商量过吗?"

"我妈反对我当作家。要是让她知道了,肯定不让我干了。但我也不可能什么都不告诉她。现在总算说服了他们,给我换了学校和住处。我妈现在还以为我是碰到了跟踪狂,并不知道出了这么大的事。"

"你没告诉他们你不能写小说了?"

"这怎么能说?"小余绫激动地握紧了拳头,瞪着我。她气呼呼地站起身子,提高了嗓门:"说了,我就真的什么也……"说到这里,她似乎发现了什么,面无表情:"不对,我早就什么都没有了。不等我妈阻止,我就写不了小说了。小说家不能写小说,太滑稽了。"

她仿佛失去梦想,无力地坐回床边。

我胸中无限感慨,一边听小余绫述说,一边强压着胸中升腾的火苗。

怎么回事?我的眼眶发热,腹腔发颤,又着急又激动,我想跟她说些什么。可我自己也搞不清楚,我这个失格作家能说些什么,自己究竟是怎样的一种情绪?

"我也很喜欢舟城老师的作品。非常喜欢。她的作品不仅描写丑陋的人性,也充满了爱和温情。告诉我们人心是可贵的、美好的。每次读完她的书,心里都好温暖,像被疗愈了一样。可是,叫我难过的是……"小余绫声音发抖,"起初攻击我的都是她的粉丝,当然不是全部粉丝。我很失望。她们叫我道歉、谢罪,恶毒地漫骂。她们可都是喜欢舟城老师作品的人啊,她们也被舟城老师作品中的人性美打动过。书上写满了爱和温情,表现了人性的善良。他们都读过,感动过,喜爱这些书和它的作者,却用那么恶毒的语言来攻击我……"

我也有同感。

我明白。

也许正是小余绫悟出了这个事实才没法动笔了。

"小说不能励志,"小余绫沉吟着,喃喃吐出心中的块垒,"小说不过是幻想。就像你说的,小说的影响力不过是一种自负的说辞。人们读书时误以为自己学到了什么,合上书就全忘了。那些写满了爱和温情的书啊,是触摸不到人的灵魂的,谁都领会不到。"

那里只埋着人的恶意。

"我屈服了。河野小姐说过。不管怎么难过,怎么没道理,在粉丝面前都不要表现出来。可我不行,我做不到。我只是一个懦弱又悲惨的人,我成不了大家希望看到的那类作家。所以我逃跑了。我心理承受能力太弱,坚持不下去了。"

是吗?这很正常。她还只是个高中女生,一个普通人。除了会讲故事,其他跟普通女孩没两样。当然也会有脆弱的一面。况且我们都是作家,本来就比普通人更感性,感性是我们写作的本钱。脆弱、伤感有什么不对?

"当然也有很多粉丝在鼓励我,我收到了很多信。可我还是写不了。我强烈地感到语言治不好我的伤。而且像我这样一个懦弱的人、一个小女孩写的小说又能励什么志呢?"

我张了张嘴,仍旧没说话。

我想说。说不清。没法说。

我不知道该用哪些字眼,表达哪种情绪。

小余绫看着自己的手掌,继续问道:"千谷君,你有没有看过哪本小说,看完了就决定要当作家的?"我回答不上来,只一味看着她。

"我有。"小余绫无精打采地笑了笑,她的笑叫我胸口一紧。

"那本书很美,很好看,就像呼吸一样,我很自然地就喜欢上了。这类书全世界的人都会喜欢。我也曾想写一本这样的作品。可惜,不行了……不可能了。"

她轻轻地抬起手让我看。她的右手中指上有一个写字留下的茧。

"这就是我的勋章。从小我就写过很多故事,无数次用笔在本子上写。纸被汗水弄湿了,胳膊又酸又胀,很多很多次……然而,这都像是很久以前的事,是一个消失的梦,好笑吧。我竟然写不了了。"

*

怎么办才好呢?

我蹲在闷热的文艺部活动室一角。是九里把我上次弄乱的书架和一本本文库本都整理好的吧,屋里已经恢复了原样。我坐在书架下默默地思考着。

"千谷君说得没错,"后来小余绫寂寥地笑着跟我说,"小说不能励志,这我已经强烈地感受到了。可是我还想写。出于无奈,我利用了你……"

"不是河野想出来的企划。"

小余绫低着头说:"是我请她帮的忙。我心里还藏着很多故事,我一个人绝对一行都写不出来。没办法,我就去找河野小姐商量。小说不能励志,可是……可是它也许还有别的作用。所以,所以……"

小余绫越说声音越轻。

"不过,再拼命挣扎也没用了,你说得对,我没法反驳。"

小余绫问我知不知道一个叫水浦西紫的作家。

我不太清楚,就摇了摇头,不过我很快就想起来了。雏子曾叫我买过一本她的书,好像是一个不怎么有名的言情小说家。

"印了六千册,卖了不到一半。大概两千册左右吧?"小余绫自嘲似的说。我问:"这种事,你怎么会知道?"

小余绫哼了一声:"因为作者就是我啊,当然知道。"

小余绫被那么多人质疑过,那么多人指责她光有脸蛋没实力,否定她的感受力和才能,可她还是不肯认输。她趁自己还能写就写出这本书,想证明人们说的都是谣言。

"我换了个名字出的。河野小姐把我好一顿骂……社会上也有很多作家换名后打响的。只要作品好，名不见经传的新人也能获得好评。我想这也许能帮我重新树立信心。可是我想得太简单了，结果正好相反……我的小说励不了志，的确没有实力。"

怎么这么讲？

不是的，你的小说写得很好。我并不觉得如果我这样讲，她就会高兴。而且我自己也被再怎么挣扎也瞒不住的销量打倒了。我根本没资格来说这话。

你多好啊，美少女作家写什么都卖得出去。

我说得多肤浅、多愚蠢啊。

"谢谢你一直关照我。"小余绫冲我笑了笑，有气无力，完全不是我想看到的样子。

"我正好也在发愁怎么写这最后一话，感觉还达不到我当初预想的一成。当初的那股子热情已经找不回来了。我之前感觉它将会是一个很棒的故事，很精彩的小说，用我的故事结合你的文字，就能创造出一部优秀的作品。当然啦，我已经丧失了书写的能力。今后大概连构思的能力也会慢慢消退。小说之神不再守护我了。"

我一句话也说不出来。

"难道我还能做些什么吗？"

我在活动室角落里抱着头一味地唉声叹气。

我这个垃圾，一无是处、难看的野兽，碎纸机，结束键。

我把小余绫逼得走投无路。

"终于还是只会抱头痛哭啊？我们文艺部的骨干也降格成挂名会员了。"九里开门走了进来接着叹了口气。

"要你管？你不是有事回去了吗？"我没想到九里会转回来，羞得脸颊通红。

"我就是出去买了个东西。"我听到塑料袋的响声，是塑料袋摩擦发出的轻响。

"不知道要怎么解决了吧？"

"九里，你早就知道小余绫的事？"

"网上那点事，我还是有所耳闻的。听说她不出新书却又要跟你合作以后，我差不多就猜出了个大概。只是一个局外人不方便多问，所以我这个普通读者就只能等着你们出书了。一也，你却不同。"

"我能做什么？"我一边听九里平静地说，一边想着小余绫身上发生的事，小余绫的心情。她不能亲手书写，该多么绝望啊。她心里还存放着很多故事，还想说每个出场人物都是活生生的，她还想在他们身上寄托希望。可是她没法书写，就等于结束了。小余绫一定也想过，如果这辈子她一直这样该怎么办？从今往后，她永远永远都写不了的话要怎么办？小说是我的唯一。那天小余绫把头靠在床边时说过。可是如果连自己的唯一都被剥夺的话，我们该怎么活呢？

那天小余绫说话时一点都不霸气，她的话完全不像她的风格，她说之所以选择写小说，是因为她不具备画漫画和拍电影的才能。她已经站在了悬崖的边缘。她一直在跟自己可能永远都写不了小说的恐惧做斗争。然而她还是到我家来了，她读到我的文字时脸上洋溢出幸福的光芒，她跟我并肩坐在电脑前，一起注视着屏幕。当然啦，小说就是这样一个字一个字写出来的啊。当她既怀念又高兴地说出这句话时，是不是又重新找回了什么呢？一起合作写小说好像也不错嘛。她说这话的时候是不是又燃起了希望？

九里说："小余绫手里一直捧着个炸弹。可是她还能重新写作，一定是因为跟你合作的缘故，一也。"

如果我跟她一起写小说的话……唉，是谁破坏了这个梦？

九里的鞋子轻轻地踩在地板上，走到他常坐的那把钢管椅子前面，拉开椅子坐了下来。

"一也，你怎么打算的？"

"我，我是垃圾、渣男。我伤害了小余绫。像我这样的人，能做什么？"

"那么一也，你干吗要写小说？"九里问道。每个人都这么问我。

你为什么要写小说？

"这我怎么会知道？"

"好，那我换个话题。一也，我们初中的时候，有一次你问了我一句话，你还记得吗？你说，'你为什么要跟我做朋友？'"

我问过吗？嗯，问过吧。因为我一直在思考这个问题。为什么像九里这样温和的人会跟我这么无聊的人做朋友呢？这太不可思议了。

"我不觉得你是垃圾，也不认为你无聊、一无是处或者活在阴暗的角落里。你很了不起，一也。因为有些事你轻而易举就能办到，尽管你自己没意识到。你呀，我们干不了的事，你做得到。"

我抬头看了九里一眼，表示不解。

"你小子，相当能洞察他人的情绪。我猜你现在准在思索小余绫的心情。你把握别人的情绪，就像把握自己。只是你比较笨拙胆小，所以你不会在人际交往上灵活运用。然而，它是你手中的一把利剑。"

一头雾水。我手中的利剑。这是什么意思？

"你就像一把磨得很锋利的日本刀，一下子就刺中读者的灵魂。"

九里这么说，评委看了我的文章也这么说。

我的利剑。

"我第一次读你写的小说，就被你一剑刺中了心脏。我真那么想。我很尊敬小说的作者，因为我无论如何写不出来。小说，只有愿意豁出性命创作的人才写得出来。在我这样的读者眼里你就是神。从一无所有里创造出一个精彩的世界，你是创造故事的神。"

"我没那么厉害。"

"你自己没觉察到而已。你真的很了不起。你知道世界上有几个人能像你这样年纪轻轻就选定自己的道路、抓住自己的梦想、努力拼搏的？你把自己的感知都暴露在众人面前，你活得一定不容易。我绝对学不来。"

"可是我……我的作品……人家并不理解，不行的。"

我声音发颤，热泪盈眶。

"不是的，成濑就在你的小说里发现了自我，所以她才一直找你帮忙。你写的小说打动了她，还有我、雏子，都被打动了。而且我相信小余绫也一样。"

他们都说喜欢我的小说，可我……

"一也，我读书很多，也很杂。可我也有自己的偏爱，你知道是哪种类型的吗？"

我摇了摇头。我怎么会知道？谁会知道啊？

"主人公挽救受伤的英雄那种，很王道吧。"

我不禁笑了出来，没想到严肃的九里会说出这样的话,从没想过他居然会喜欢那种书。

"痛苦,难过,缺乏勇气,每当这时我就会读它们,让它们给我力量。每次我不知要做什么的时候,就读书。一也,我推荐你一本有趣的书。"

我抬起头,九里站起身,他手上拿着一个小塑料袋,是书店的。他从袋子取出一本文库本,递给了我。

"这是一个名叫千谷一夜的作家的处女作,我喜欢的一本书,非常非常有意思。"

*

盛夏的阳光炙烤着我的身体。

我坐在树荫下的长椅上,慢慢地翻着书,我看不进去。我为什么非得看它不可呢?我不停地翻着,书中的故事都映在我眼中。

不行,我老觉得小余绫在我耳边跟我说。自己的书,自己必须先珍惜它。

我知道九里为什么推荐我看。我这本书里的主人公是一个经常犯错、慢吞吞、懒洋洋、傻乎乎的人,可他为了受伤的英雄,便将身上唯一的勇气,全部都……

我的胸中升起一抹熟悉的感觉,我每翻一页,那种暖暖的柔情就在我心中燃起。三年前,我当时是带着怎样的思想、怀着怎样的情绪创作这部作品的呢？记忆一点点地苏醒过来。

不知不觉我沉浸在了书中。

"啊，前辈，是前辈吗？"有人叫了好几声，我才反应过来。我抬起头，朝周围看了一眼，发现成濑正一个人看似抱歉地站在旁边。我赶紧合上书，把印着作家名字的封面盖在膝上。

"那个，不好意思，你现在有空吗？"她小心翼翼地问。见我点头，她才舒了口气，在我边上坐了下来。我闻到青草的味道里混进了一丝好闻的柑橘香。

"前两天真是对不起了，是我不够坚定，你们是不是因为我吵架了？"

"哦，没、没有，真没有……那个，成濑你别往心里去，说起来是我要道歉才对，"我向愣在一边的成濑鞠了一躬，"那……那天我胡说八道，小余绫说的才正确。"

"是吗？"成濑轻轻松了一口气，点头说，"我猜也是这样的。"

"什么？"

成濑难为情地笑了笑："我觉得热爱小说的人一定不会真那么说。如果真那样说，也是因为爱之深恨之切。"

"我……"

"前辈你一定十分热爱小说。"

她怎么这么肯定？

"因为我第一次读《杯中的残渣》就被打动了呢。我好感动，觉得自己也得加倍努力。能写出那种文章的人绝对是热爱小说的。"为什么成濑如此信任我呢？我这种人写的小说也触动她的心？

我影响到她了？

"上次我以为你们俩吵架了，就先跑了。不过我家也是开书店的，我觉得你上次分析的也有几分道理。前辈你一定很恼火，为这个社会，或者为自己。后来我想了想，就想通了。"

成濑说着又难为情起来。

我开始回想自己那天的心情。

我搞不清楚。我发火了吗？如果发了的话，是为谁？为什么呢？

"小余绫前辈没事吧？"

"啊，嗯，可能吧。"是的，慌乱中我撒了谎。

"是吗？最近我一直忙着在帮家里干活，都没来参加活动，心里总觉得很抱歉，还想着是不是该发个短信。"

"哦。"我开始想象傍晚的活动室。

如果成濑来活动室，小余绫诗止却不在，她会伤心吗？一定会的。

"你的小说有什么进展吗？"我岔开话题，跟成濑谈起她的小说。

成濑为难地蹙紧眉头："没，我还没找到小余绫前辈跟我说的主题，所以，如果千谷前辈有空的话，能不能教教我？"

我低下头，想起了第一次见到她时的情景。我明白当时自己心中为什么那么烦躁了。我那时在成濑身上看到了自己。

曾经的我，对小说也那样痴迷，不顾一切。如果我还能去帮别人的话……

"就当是点感想，你姑且听听。成濑你那篇小说最大的亮点就是……"

我跟她谈起第一次读到她稚气的小说时最强烈的一个感受。也许只是一些细枝末节，并不能成为卖点，可我可以坦言那是她小说中的亮点。

"可能成濑你是女生的缘故，你处理神剑少女伊利夏尔的情绪特别传神，她愿意不顾一切地帮助选中了自己的尤里，尤里却因为不想伤害她而拿起了另一把剑去战斗，这两个人物的交错写得很棒。我虽比不上尤里，是一把没人看得上的魔剑，却也很想再读到为尤里烦恼、为尤里竭尽全力的伊利夏尔。"

也许这故事只有成濑才写得出来。

她说，她不是个讨人喜欢的人，常叫人讨厌，她说着流下了眼泪，就像谁也不会看上的，一无是处的破烂魔剑伊利夏尔一样。

"是吗?"她刚才还在紧张地聆听,不知不觉就开始思考了,两只手紧紧抓住遮在她膝盖上的裙摆。她回味着我的话,像要检验它的真实性似的用几乎听不见的声音喃喃自语。这就是小说,这一瞬间作家找到了灵感。

"主题……也许就是表白吧。"她突然说。

"表白?"

"自信地向对方表白……伊利夏尔非常喜欢尤里,为了选中自己的尤里,她可以做任何事。她想努力,却不敢承认,所以她为尤里又挑中另一把剑而伤心、难过,嘴里便责备起了尤里。她就是这样的一个人。同时尤里是因为心疼伊利夏尔,不想伤害她,才挑了另一把剑,因为他感觉羞耻。"

眉飞色舞,成濑眉飞色舞地讲着。

故事像珠宝盒子里流光溢彩的宝石一样滚落下来。她双眸闪亮、双唇激动、双颊绯红,拥有一个作家的火热灵魂。

"所以,一定要自信地把自己的想法表达出来,这一步最关键。对不对,前辈?"

"啊,哦哦……"我笑了。

行了,可以了,不用我帮,成濑也可以写出像样的小说了。

"能写了吗?"

"嗯,大概行吧。"

"不苦闷了吧？"

我想起不久前她还在为写不出小说而一筹莫展。被我一问，成濑羞涩地笑了："不知道。不过，今后写着写着可能还会遇到挫折。写作总归不容易，很辛苦，可它仍是我的梦想，所以……"

"成濑你真坚强。"她跟我完全不同。

成濑轻轻地摇了摇头："我想，做其他事一定也同样辛苦。既然如此，不管多苦我都愿意朝着自己选中的道路走下去。"她说着，脸上又泛起了羞怯。

我几乎忘了呼吸。无论道路多么艰险……我们都不能放弃。因为实现梦想都会遇到辛苦与困难。

"是啊。"这个热爱小说的后辈教会了我很多。我刚有些愧疚，只听成濑突然问道："前辈，你这本是……"

"啊，这个，没……没什么。"我一惊看了手里的文库本一眼。

"是什么书？"

"这……"我吞吞吐吐地，可又不好不回答，"这是本谎话连篇、假模假式的书。"

"假模假式的书？"

"主人公又蠢又笨、又懒又傻，可偏要逞强，最后还妄想解救受伤的英雄。这种故事，多的是吧。"

"也许吧，"成濑大概觉得很滑稽，扑哧笑了起来，"那到底怎么假模假式了？"

247

"那个……"我踟蹰了片刻,"就是作者如果也遇到书中的情况,肯定不会去救英雄的,他肯定没那种勇气。所以这上面写的都是谎话,全是假的。"

"假模假式的,小说……"成濑自语道,仿佛在仔细琢磨我提出的这种说法。

"之前前辈好像也讲过类似的话。小说里写的都是骗人的,现实中没有的,不可能发生的,小说净写这些。读者都喜欢虚构的东西。"

"啊,嗯,就是。"

"这么说的话,那我也是,"成濑落寞地笑了笑,"我也很胆小,不够勇敢……刚才还很理直气壮地说什么表白就是主题。可要我自信地向别人表白,我也做不到。所以我写的可能也都是谎言、假话。"

"这……"我垂下眼帘,用手指抚摸着放在膝上的书,一本谎话连篇的、假模假式的书。可是成濑试图去表白的想法真的是在撒谎吗?不动诗止所期待的人性之爱和温情,也只是虚构的吗?我讲的这个故事也仅仅是谎言?

我需要勇气,就算再空洞我也想得到一种品质,那就是勇气。哪怕我没有能力,也想像书中写到的那样,在别人受伤的时候,勇敢地跑到她身边去。即使觉得全世界又黑又冷,也希望通过写作和阅读,让和煦的阳光洒进心底。

"我有时会想,"我低下头回答说,"小说一定是一种愿望。"或许这只是个虚幻的故事。

"我也想像书中的人物那样,成为这类或那类人,也许是对现实的一种逃避吧。就算这样,小说也能给我们勇气。让我们觉得能凭借这股勇气去尝试些什么。我,不认为这种勇气很虚伪。哪怕整本书说的都是假话,我们所感受到的也一定是真的,所以……"

"是愿望……"

对,那一片阳光的世界一定是真的,它是寄托在小说中、编成故事的愿望。

成濑闭上眼睛,把手按在自己胸前,说:"是啊。或许小说家就是要在小说里寄托自己的愿望。他们都在虚构,在说谎,可写进小说里或许愿望就能实现,在某个翻书的读者心里,也可能是在创作出这本小说的作者的心里。即使它现在不能实现,也终有一天会梦想成真。哪怕没有实现,可希望它实现的想法最宝贵、最重要。"

喂,你写过情书吗?

大概写小说也像写情书,为了把自己满心的愿望准确地传达给对方,字斟句酌地写下来,再心怀期待和祈盼把它送出去,希望对方能喜欢。

心怀期待和祈盼。

我看着手中文库本的封面,这里面写着虚伪的故事,满口谎言的自己。如果真能实现的话,我希望成为这个虚构的自己,我想飞奔到受伤的女孩面前,我需要这份虚幻的勇气。

"前辈,这本小说好看吗?"成濑突然侧过脸瞧了瞧书的封面。不能让她看到作者的名字,因为我的笔名和本名只差一个字,一旦她联想到,就麻烦了,正在这时……

"啊,那不是秋乃吗?"

一个女生大叫起来,我们俩都吓了一跳,肩膀同时弹了一下。纲岛利香和她的伙伴们从教学楼的角落里走了过来。

"秋乃,他是谁啊?"一个女生天真地问。

"关系不错嘛,不会是男朋友吧?"

"他,他不是那个?就那个文艺部的。"

"啊,羽毛球打得很烂的那个。"

"什么?秋乃你还是跟文艺部扯上了啊?"声音充满寒意。纲岛利香面露不悦,低头朝佝着背坐在椅子上的成濑看去,成濑表情僵硬。

"前辈,你是文艺部的吧?"纲岛瞅了我一眼,我也朝她看了一眼。她不屑地喷了一声,冷冷地看向成濑:"你还在写小说?"

"啊,真的吗?"

"写小说,太好笑了。"

"我……"成濑的嘴唇在发抖,两个拳头紧紧地握着。她蜷缩着,瘦弱的胸脯痛苦地上下起伏,可她的双眼，刚才还飘忽不定充满恐惧的双眼……成濑抿着嘴，死死地盯着纲岛。

"我……"她犹豫着不知如何开口，可我已经明白了她的意思。

她的愿望是真实的。

她把愿望都寄托在写作上，她想成为的那种人，她不愿失去的珍宝，以及言语说不透的、想要表达的愿望，统统都在她的心里熊熊燃烧着。

即使现在不行，只要它们还在心里，就都会变成文字喷涌而出，成为一个故事、一本书。

故事来自一个人的内心。只要她还想说就会从心底涌出来。成濑，你的痛苦和悔恨都是创作的源泉，所有故事都来源于此，它们就是这样产生的。

不要害怕，不要迷茫，成濑，那个愿望是真实的。

"你是能实现自己愿望的坚强的人。"

那我呢？

我编的故事真实吗？

"自信地告诉对方。"我高声叫道。成濑吓得哆嗦了一下，纲岛她们也惊讶地看着同伴。成濑还在犹豫，没有说话。

"不说出自己的想法就写不出小说。"我喊出这句话并不是只为了成濑，我也是在说给自己听，也是在激励自己。

"没关系的，你说啊。把你的想法、感受都打给她看、写给她看，把你心里的话统统都倒出来。"

西斜的夏日夕阳照在成濑身上。她站了起来，用尽了瘦小身体的全部力量站了起来，她握着拳头，含着泪水，抖动着嘴唇，大声喊了出来："我……我……"

纲岛吓得往后退了一步。

"我一直当利香是我的朋友，从初中你跟我打招呼那时起，就没有变过。可……可……我不喜欢你之前对真中的做法，更讨厌袖手旁观的我自己。可是……所以……我想让利香你看看我、了解我，我很喜欢真中跟我谈论的小说。因为我们……我们是朋友啊。"

她的声音在盛夏的天空中回响，不知哪里传来知了的叫声。成濑流下了眼泪，她像个孩子似的抽泣着，挥舞着拳头，一头靠在了有些不知所措的纲岛的肩上。

"我一定会让你觉得有趣的，一定会让你觉得很棒的。所以我要给你一个惊喜，我总有一天会写出来。"

刚才还不知所措的纲岛不觉间露出了微笑。就像安慰一个撒娇的小妹妹一样，她轻轻地揽过泣不成声的成濑，把她的脸往自己胸前靠了靠："好了，秋乃，我知道了，这么热，别再闹了。"

成濑在疾呼、在表白。她自信地向好朋友说出了自己的想法。纲岛跟周围的女生互相交换了一个眼色，扑哧一声笑了："没事啦，秋乃，好了好了，别哭了。我们懂的，快，来吃冰淇淋，吃冰淇淋。不哭了。"

我从长椅上站起来，向教学楼后边走去。我一边走，一边反复地思考，我的小说中有哪些愿望呢？我想寄托的是什么？我想说些什么呢？用言语不足以表达的、说不透的。

我们并非想说，语言太慢了，也太有限了。所以我们只能把语言表达不了的、表达不尽的东西写成一本小说，去告诉大家。

成濑你刚才问我这本小说有意思吗？

我看了看手里这本文库本的封面。九里的话太对了——这是一个无名作家写的小说，却十分的有趣。不管别人怎么说，它确实很有趣。书中有很多激励过我的语句。下次有机会我一定借给你。可能的话，请你读一读。因为我觉得你一定会喜欢。

*

我一边朝车站走，一边掏出了手机。

我们小说的最终话。

我心怀希望地拨了电话，电话铃响了几下，又响了几下，一直响着。

被我吓到了吗？还是对我失望了？所以讨厌在来电显示上看到我的名字，故意不接电话？大概我再也听不到她的声音了，是我自己把一切结束的。我知道都是我胡言乱语。可是，神啊，小说之神。如果你允许我这样一个空洞的、活在阴暗角落里的人成为主角的话，那就帮我打通这个电话吧。再让我看一眼她明媚的笑脸。

电话铃还在响，一直响。

呼的一声。我听到了混杂在沉默中的微弱呼吸。

"小余绫。"

呼吸声很轻。

"小余绫。"

"千谷君。"她的声音太轻了，我勉强能听见。

"那个，小余绫。"

我听见她有气无力地笑了笑，笑声很低。

"就这样吧。"小余绫很绝望。

"听我说，小余绫。"

"算了，我想我只能放弃了。真抱歉，利用了你。谢谢你包容我的任性。"她抽了一下鼻子，声音有点悲伤。我猜她在抽泣、叹息和呜咽。小余绫在电话那头哭了，她流泪了。她对今后自己再也不能写小说、无法书写感到绝望和崩溃。要一个年仅十六岁的女孩去承受丑陋人性的铁拳，实在太残酷了。

"所以，就……"

"别说了，先听我把话说完。"

我依然对小余绫诗止充满信心。所以拜托了，请把我说的傻话听完吧。

"听我说，我很怕自己会毁了你的作品。你编的小说非常棒，叫我激动、感动、心动。但我没有信心完成它，我很担心它也会被叫停。"

小余绫没有说话，也没有挂电话。她一定听见了我说的话。

"可现在不同了，现在我想把你的小说写下去，只要你同意让我来写……请再给我一次跟你合作的机会，允许我再跟你并肩创作。我还有好多话想跟你说，还有好多答案要告诉你。"

"我……"她哭了。小余绫在电话那头哭个不停。

我屏住呼吸，侧耳倾听，尽量把她说的话串联起来。

"太晚了，"她小声地说着，"已经快截稿了，可我还是写不出来……我一直陷在黑暗中，看不到光明，这种情况过去从来没有过。"

我把憋着的一口气吐了出来，同时感到一阵轻松。小余绫还在哭，可是并没有放弃。我们解除了合作关系，解散了，可是她为了让故事有头有尾仍没有停止构思最终话的情节。也许她还不满意，觉得跟理想之间还有距离，所以她怀疑自己是否丧失了编故事的能力,就像她无法书写一样。我也不止一次在黑暗的牢狱中撞击过自己的脑袋,总也看不见希望,总也没法把故事完美地结合起来。为了寻找解决办法,我困在黑暗的牢狱中,彷徨,不断地敲墙、呕血、撞头,大呼小叫,涕泗横流。为什么做不好?是我能力不够吗?真没法修改了?我在黑暗中拼命地问自己,发疯似的寻找出口。大概现在小余绫也被困住了,困在每个作家都曾经历过的黑暗牢狱中。你大概是第一次走进这个黑暗的空间吧,不过不要紧,冷静些。因为几乎所有的作品都产生于黑暗,这就是小说家的宿命。

我努力地倾听着小余绫抽抽搭搭的低语。她之前跟我说过对最终话的构想,只是细节方面至今还不甚完善。当她很干脆地把出人意料的真相和罪犯说出口时,我差不多明白问题究竟出在哪里了。

"没事的,小余绫,我马上就会把你带出黑暗的。"

"不可能,我都想不出来,你能有什么办法?"她又开始逞能了,是冷静下来了吗?

"你别管,就准备好笔跟本子等我,离你最近的是哪一站?你就在那附近的餐厅等我,我马上过去。"

小余绫在电话那头吸溜着鼻子:"什么啊?"

"我帮你一起想,或许你觉得我很幼稚,但总比你一个人想要强吧，所以你就在那里等着我。"

也许之前你都在独自编故事，不少作品都是你单独创作的，但一定会有一些东西是可以通过两个人的力量来完成的。

*

我在餐厅里看到小余绫诗止的时候，心里莫名地感到一阵轻松。她跟往常一样用大大的黑框眼镜遮着又红又肿的双眼，可见她为小说的事伤透了脑筋。她的桌子上放着一杯甜瓜苏打和一本摊开的笔记，上面记着各种句子、符号和图形，看来她已经演示了不止一遍。她的白色报童帽旧了，空调太冷，她往瘦弱的肩膀上披了件开衫，窝在桌前，完全没了一个人气作家的强势和霸道。可是她不放弃写作。

"口气那么大，结果自己还迟到。"她在镜片后弱弱地瞪了我一眼。

我不禁暗自高兴，她又开始唠叨了。

"不好意思，我去拿了下电脑。"我笑着坐下，心里就闪过一丝陌生的感觉。我打开电脑，开了一个新的文档。小余绫拿面纸擤了下鼻子，我假装去看屏幕，掩饰住笑意。

"那言归正传，我们一个一个问题去解决，先说说你之前的想法。"

"想法？我……还没什么结果，只是一些差劲的、不被接受的故事而已。"

"我们在摸索嘛,什么都行,说给我听听。你怎么想的?要怎么改?觉得哪里不行?别太复杂,就说你的故事。"

"我的故事?"小余绫诧异地侧过头。

"是,你的,小余绫诗止的故事。哭过,痛苦过,却仍不肯放弃的一个女孩还在摸索的故事。你不是很会讲吗?"我故意挑衅地扬起嘴角去激她。

小余绫果然火了,不过她很快就冷静下来闭上眼睛,叹了口气:"如果你能懂就好了。"

我会努力的,你告诉我好了,我们一起去冲破黑暗的牢笼。

大概花了一个小时左右,小余绫把她之前怎么想、要怎么去处理最终话的事都跟我说了一遍。紧接着她又像在叙述往事似的跟我讲了她理想中的最终话,语气感伤又难过。这是一个极其残酷又悲伤的结局。内容既甜蜜可爱又叫人忍不住感伤——要想把最终话归结到这样的高度,就必须解决掉故事中的几个矛盾,它们大致可以分成三类。每个都不难解决,找一些其他的解释、做一点修改就可以。可是解决了这一个,其他两个就会有冲突,形成大麻烦。压下了葫芦起了瓢,这有点棘手。

"还是解决不了吧。"小余绫喝了一口甜瓜苏打,喃喃地说。这时我正在把她提出的问题,一个一个地敲进电脑。

"我以前从来没这么辛苦过。我现在不但写不了字，就连故事也编不了了。"

我把视线从屏幕上移开，抬头看着她，她丝毫没有了霸气，眼皮耷拉着，一副走投无路的样子。

"这种小说打动不了读者，没用的。"

"你不是说过吗？"我又把视线转向屏幕，低声说，"小说能打动人心，给人希望。"

你说你要证明给大家看。

"所以现在放弃为时过早，读者还在等着你的作品。"我握住自己的手。

你要我去敲开读者的心扉。你说要学会敲开读者心扉、打开读者心门的方法。你叫我不停地用拳头去砸，这么去创作。

那么你现在就拿起我的拳头吧，我们去反复敲打，不断研究打动人心的方法，让读者读懂我们的心声。

"请不要现在就说放弃，我们一定能影响读者。知道吗？你的故事非常棒。就算还没有达到你的预期，我也会帮助你的。你不是相信小说能励志吗？你不是想创作一部有影响力的作品吗？我来为你的作品润色，我来为它配乐、增添芬芳，我来赋予它灵魂……所以一定会很精彩的，请相信我。"

美好的故事，美丽的文章，打动人心的温暖话语，我和你一起挖掘出来。

"我……"她的双眼闪躲着，避开我，抽了抽鼻子，"我可没说要放弃，你别搞错了，基本上都让你说对了。"

她的讥讽叫我不禁笑出声来："那我有些建议，你要听吗？"

"如果有用的话。"小余绫依旧不看我，耸了耸肩膀。

"很抱歉，我想的有点不一样，跟你理想中的最终话不太一样。"

她惊讶地看着我。

"但是我觉得你一定就是被困在这里了。"

"什么意思？"

我第一次在蛋糕店听她描述构想时，就已经注意到了。只是当时我找不到适当的词语来解释，所以就一直拖了下来，现在我想明白了。

"这个故事里缺少了愿望。"书中的人性之爱与善良是不动诗止的立足点。也许大多数人都会推崇她作品中荒唐无稽的情节、推理小说的悬念以及少女小说的精致文笔。可是我觉得人性之爱和善良才是她的真意所在。因为只有我亲眼见过她眉飞色舞地讲故事，表情温和面带爱意地写小说，所以我才真正理解她的作品。

"这个故事里缺少了爱与温情。"

主人公不断地替他人展开推理，为此遭到同学的嫌弃、侮蔑，可是她仍然选择相信自己，觉得不停止追究真相就是在助人为乐。她伤害了有可能成为她朋友的人，招致别人的批评，彻底被打垮了。但她还是站了起来。她在最终话中碰到的就是从一开始就没有解开的巨大谜团。为了揭示这谜团背后的事实，她咬紧牙关坚持奋战。

不料，结果却发现了一个残酷的现实——她唯一信任的人欺骗了自己。她为了一己私利骗过主人公，引诱她去不断推理。正是这一次，主人公的心被彻底击垮了，她恍然大悟原来爱和友情都是幻想。

小余绫想表现的这个令人惊奇的高潮一定会成为小说的看点。读者们定然会被这个出乎意料的结尾所震撼。

"可是这么一来，主人公就太可怜了。就算读者出乎意料、激动不已，却丢掉了期待和梦想。"

"可是……"小余绫有些不同意，眼神飘忽不定，紧接着她低下头，扔下一句，"现实如此"。

这个十六岁的少女被强大的人性之恶伤透了心。

你懂了。人就是这样，既没有爱也没有温情。这些改变不了什么，打动不了人心，现实中只充斥着残酷的人性之恶。

"小说就是愿望，"书中写的就是我们的祈愿，"你和成濑教育了我。"

现实就是如此，没有温情也没有爱，人类丑陋而污秽。

真的吗？真是这样的吗？

不可能，没有这种人，没有这样的现实。

被这种思想所局限的创作，完全写实的创作恐怕确实是一种小说的写法。嗯，是一种写法。可是这种写法绝不会叫读者欣喜，不能让读者幸福。无论现实如何残酷，书中的情况多难发生，它也是一种可能。只要还有希望，它就会存在，不再是谎言。如果小说是一种愿望的话，那就让它成为一种愿望，不好吗？

我想写一部充满温情的小说，想把温暖的故事留在读者的心中。你也一样，不是吗？

"我们把最后的这个背叛改一下。改成让读者温暖的、值得回味的风格，就像以往不动声止的作品一样。"

"可是不写背叛，结尾就缺少了趣味。现在就连当中的一些环节都还很矛盾，没解决呢。"

"再想想看嘛，两个人一起想，肯定能解决的。"

我敲着键盘，先把所有能想到的方法都打在电脑上，然后再跟小余绫分析。起初，她还有些犹豫，眼神飘忽，慢慢地，她拿起了笔，把笔尖轻轻地搁在笔记本上。我们边交谈边往下写，没关系，我们必须战胜丑恶，把希望和祈愿带给读者。

我们讨论了好久。

"其实我们还可以说：她并非故意这样，只是得找出一个有力的解释。"

"方法有两个：不用颠覆性的结局，用一个没有背叛的结尾；或者继续颠覆性的结局，给背叛找个正当的理由，紧接着推出一个更皆大欢喜的结尾。总之就是把好的一面都展现出来。"

"你说得倒简单。"

"大多数的叙述和反转都是悲剧性的，我还没见过有人写喜剧性的叙述和反转呢，所以我希望不动诗止的作品里能出现。"

"这怎么可能？"小余绫皱了皱眉头，嘴上这么说，眼睛却始终盯着自己的笔记本。她黑框眼镜后的双眸熠熠闪光，继续思考着她的故事。

我说："你是不动诗止，你一定行的。"

她抬起头看了看我，傻乎乎地笑了，不服气地鼓起了两个腮帮子。

*

不知不觉五个小时过去了。

快深夜了，我们俩靠着饮料吧里的无限续杯支撑到现在，突然一起趴在桌上，肚子同时发出了咕咕的叫声。我们不由得对望了一眼，不分先后地大笑起来。小余绫已经脱去了帽子和眼镜，她闪闪发亮的双眸，近距离地看着我，笑意盈盈。

"真的成了呢。"

"嗯，你确实了不起。"

小余绫缓缓站起身莞尔一笑："不，要不是你提醒，我肯定不行。"

"很荣幸能帮上忙，"我捧着肚子站起来，"不过还得等一会儿才能动手写，我现在饿得快死了。"

"嗯，没错。"

我们又同时笑了，叫来服务员，点了份迟到的晚餐。

大概用脑过度、身体缺糖，饭菜一端上来，我们二话不说就吃了起来。这样子一定很滑稽，以至于我们的眼神一接触到对方就不禁哈哈大笑。

"那个，我突然想起件事，说给你听听？"

"什么啊？这么突然。"

"你之前不是问我为什么写小说吗？"

"嗯。"

不需要小说的人，一个看起来并不需要小说的少女为什么会写小说呢？

"原因很多，不过我记得有个作家说过这样的话。"

"什么？"

"我小的时候有件事很想不通。那个，书的腰封上不是常有'催泪之作''泪奔巨著'之类的推荐语吗？"

"感动全国读者的这种？"

小余绫微微一笑："我小时候很不理解。为什么大家连书都要看催泪的呢？我其实比你想象得还爱哭。好几次因为难过号啕大哭过，现在也是。可是为什么大人们要故意让自己哭呢？"

她的话我听着耳熟，好像以前也听过类似的说法。

"当然人们并不想伤心痛苦，他们需要温暖善良的泪水。我常想，当人们翻看完最后一页，轻轻地合上书本，眼泪又去哪儿了呢？人们流泪时的善良和温情是否会永远留存？"小余绫双手捧着从饮料吧里拿来的热咖啡，感怀地说着她从前的想法，语气那么温和。

"或许第二天，他们的想法就会被忙碌的现实所吞没。所以我搞不懂为什么会有人为了痛哭去读书。"

我睁开眼睛，点了点头。这些话我以前的确听说过。

"几年后，我读了一个作家的随笔，就想通了。据说这位作家的儿子也曾提过同样的问题。他问父亲为什么大家要读叫自己流泪的书呢？作家当时是这样回答的。"

"不，小说是为了叫大家不再哭泣。"我几乎跟小余绫同时说出答案。记忆一股脑全涌了出来,潮水一样地涨满了我的胸膛。

小余绫善解人意地笑了:"今后我读小说就再也不哭了。每翻一页我就能从书中获取活下去的养料。即使读出泪来,我也希望它不是痛苦,不是忧郁,而是能够永远被铭记的温情。"

小余绫温柔地说着,一字一句都像是别人的声音一样回响在我耳边。

"我总算松了一口气。感觉它们就像电流一样流遍了我的全身。我至今还记得当时的那份激动。从那以后我读书的目的就是为了让自己不再流泪,我写小说也是为了治好读者的眼泪。希望自己今后,还有读到我的作品的读者再也不要因为伤心而落泪了,我在书中寄托了这份心愿。"

现实既痛苦又残酷,实际上我们已经流了太多的眼泪,等我们长大也一定还会流更多眼泪,可我们还是要边哭边让自己或者哪位读者将来不再哭泣。我们就这样一而再,再而三地流着眼泪笔耕不辍。

"我觉得你爸爸真了不起,"小余绫的表情温和而友善,"他一直在写小说,一刻也没有停,他相信世界上有一个小说之神,而他直到去世也一直受小说之神的眷顾。他留下的小说是永恒的,它们永远被读者们铭记,这多么值得敬佩啊。"

我忍不住泪如泉涌。无法控制的情绪喷涌而出,我的表情不争气地垮了下去。我的爸爸，一个长期写着卖不动的小说，只给家人留下一大笔欠款，就草草离开了人世的男人。然而他说过的话还活在这个世上，就算作品不畅销，他对小说的热爱这世上也一定有人懂，正如这世界出现了一个不动诗止，正如这世上出现了一个千谷一夜一样。

小说是永恒的。

*

黑暗的屋里点着灯。

我走进去，对着佛龛中那张男人阴郁的脸看了很久，然后回到自己屋里，走到那位小说家从前常用的大书桌前，插上了电脑电源。我新开了一个文档，把手放在了键盘上。

写得出来吗？我忐忑不安。自己身上的问题哪有这么容易解决？我不会把她的作品也搞砸吧？一个个疑虑在我脑海中不断翻腾着，叫我迟迟动不了手。

几分钟过去了，我依旧盯着空白的屏幕，紧张地咽了口唾沫。

这部小说，我能写出来吗？

这时电话铃响了，是小余绫的。

"喂？"

"你在写吗？"她单刀直入地问。

"啊,没有,还没有,"我结巴起来,"正准备写呢。"

"你肯定还坐在桌前胡思乱想,不敢动笔吧?"

"啊,没有啊。"

"为了表示感谢,我来给你鼓鼓劲,因为是我选中你的……"电话那头的声音很轻,我几乎听不清楚。

我有点纳闷,只听小余绫说:"所以我要给你磨磨刀。如果你对自己的文笔没信心,那就相信我吧,我相信你的能力,你的文笔相当棒,虽然偶尔不够完美,但我会指出来的,我来帮你一个一个修改。所以没关系,你别怕,赶紧写吧。"她起先还很平静,最后竟急躁起来:"我在鼓励你啊,如果到截稿时还完不成的话……"

"多谢了。"我笑了笑打断了她。

"现在就写。"她斩钉截铁地命令我。

虽然她又气呼呼地嚷嚷了几句,我已经把电话挂了,将手放在了键盘上。我深吸一口气,反复做了几次深呼吸。

我来磨磨刀,我们一定行的。

只能继续写,必须往下写,我知道自己得写,所以再苦再难也只能写下去。

把刀磨亮,把它扎进感情的深处,给读者一个强烈的冲击。

我瞧了一眼自己的手指，因为通常都用电脑写作，我的手指上没有类似小余绫的勋章。即使有也就是这个键盘了——一个个白色的字键上都留着黑乎乎的指纹，证明我曾在它身上敲击过无数次，写文章，写小说。没关系，我将来仍会坚持写作。

我动手了，像小余绫说的那样，我们要一起把摸索出来的故事变成文字。我们要在浩渺的宇宙中铺撒星星，在空白中添加风景。尽管大地还像沙漠一样荒凉无际，我们也并不清楚前行的方向是否正确，然而那里已经有了人的热情，出场人物将带着我们想表达的愿望在那里留下足迹。他们嬉笑，天真地谈话，痛苦地流泪。太了不起了，简直是神。在一无所有中创造一个精彩的世界。

深深地扎进去，深入下去吧。把情绪变成自己的，和主人公一体同心。

她并非我创造的，是按照小余绫的想法创造出来的。我要深入到她的内心，在自己的身上融入她和她的故事。主人公被彻底打垮了，她受挫、被击溃、遭人嘲笑和侮蔑，即便如此，她还要重新站起来。我当初听小余绫讲故事时并不理解主人公的想法，为什么在遭遇了如此多的伤害后她还能站起来、还能起来抗争呢？

现在我懂了。

她之所以要站起来是因为她无法改变，她改变不了自己的生活态度，因为这就是她存在的意义，她给自己选择的道路。

她大声疾呼——

我在这里，她只有这样才能表达自己，她选择了这样的表达方式，无论这么做有多艰难。

因此她要去推理，去追究事情的真相，介入别人的内心去揭开秘密。她相信这样就能帮助别人。所以她奋起疾呼，去说，去写，去……

她为此而生。

她选择了这样的生存方式。

我也一样。

我有话要说，却不知如何表述。

语言既不足以表达，也无法解释。这个世界上还有很多和我同样痛苦的人，也有很多话想要说给世人听。所以我才会去写小说。我们这些人都有故事。

我们笔耕不辍，寄愿望于小说，希望有一天会被理解，能够实现。

如果真像小余绫说的那样，小说能励志的话，那就一定会有人理解，一定能得以成书。

我希望大家不再哭泣。也许你活得很辛苦，每天都在流泪，可是总有一天你将不再哭泣。

我要写一部这样的小说。

我要送上一部这样的小说。

文字一泻而出，出场人物也很自然地活了起来，他们说话、流泪、呼喊。书里既没有不动诗止也没有千谷一夜，只剩下小说，一个讲述爱和温情的故事，即使深陷绝望，被恶意打垮也要站起来争取胜利的故事。除此以外一无所有，也不需要有。没有停刊的恐惧，没有销售数量，没有出版社，一个纯粹的小说世界。

阳光金灿灿地照在我的身上。

啊，这就是我写的小说。我必须写的小说。

我感到所有的命运都在碰撞、磨合，最终达成统一。我天生就要写小说。为此我流泪、痛苦，撞头，困在黑暗的牢狱中，担心被停刊，品尝难以忍受的苦楚。所有这些都因为要写这部小说。

太绚烂了，眼前的世界光彩夺目，是我创造的，我写的小说。

啊，小说之神……

我亲眼见到了。

*

早上九点半书稿完成了。我的肚子饿得咕咕直叫，头有些晕。我已经不间断地写了十个小时，忘了去厕所也忘了喝水，只是埋头往下写。这种情况还是头一次发生。

我把写完的文件传给了小余绫，然后给她打了个电话。

"早啊，怎么了？"我不去理会她讶异的询问，用尽最后的力气说："写完了，给你发过去了，我累死了。你看完以后给我电话，说说感想。"

"啊，什么，等下……"

我实在困得不行。睡意和饥饿击中了我，我倒在床上，闭上了眼睛。

不知睡了多久。屋里光线很暗，现在几点了？

小余绫的电话还没有来。我刚这么想，就发现手机没电了。这可接不了电话，我赶紧去充电，不过得充一会儿手机才能恢复。我朝窗外看去，很黑，是晚上了吗？我仔细听了听，听见雨哗啦啦地下着。我回到电脑前，看了看屏幕上显示的时间：19:20。小余绫看书很快的，她一定已经来过几次电话了。我有点心急。刚才睡得太沉了，醒来之后人还很兴奋。我想早点听到她的声音，听她跟我说说感想。

小余绫对我写的文章满意吗？

我既紧张又期待。雨还在下，突然门铃响了。我从椅子上站起来，一边揉着饿瘪的肚皮一边去开大门。

小余绫站在门外。

亮晶晶的雨水缀在她乌黑的长发上。她今天既没戴帽子也没戴眼镜。纤细的身上穿着薄薄的白色连衣裙,圆润的胸脯上下起伏,气喘吁吁。她的右手握着一把红伞,身上却也淋湿了不少。头发、裸露的肩膀、裙摆下雪白的小腿都跟黎明时的露水一样,漂亮地装点着她的身体。我猜她一定是从车站跑过来的。

"对……不起,"她双眸微睁一步跨了进来,一边喘气一边说,"我本打算快点读的,没想到你写得这么快。我处理了些家事,就耽搁了。"

她很小心地抱着一大捆印刷纸,可能刚才一直在护着它们。她用一只手小心翼翼地抱紧没淋到雨的稿纸,调整了一下急促的呼吸。

我看着她,几乎忘了时间。美丽的眼睛,秀美的头发,雪白的肌肤和亮晶晶的雨点。我本应该赶紧叫她进屋,把身体擦干的,却被这个名叫小余绫诗止的女生迷住了。

"千谷君。"我看了一眼她望向我的双眸,胸中怦然一动,差点停止了呼吸。

"谢谢你。"黑色的双眸左右游移,浮着一抹微笑的双唇略带忧伤地撇了撇,紧紧垂下了眼帘和睫毛,她努力地控制着自己的情绪,反反复复地说着谢谢。

她上前一步靠近我,把小小的脑袋依偎在我肩膀上："谢谢你把我的小说写出来了。"她的头发轻轻飘动，我闻到小余绫身上混合着雨水的香味。她的前额抵在我肩上。我的心怦怦直跳，紧张得不敢动弹。

我低下头看见她紧紧地捏着稿纸。

"这里面有我，有你，也有某个翻看它的读者……我们将怀揣着这个故事永远永远地活下去。"小余绫的身体在发抖，她吸了吸鼻子，忍住眼泪，很爱惜又很郑重地说道。

这实在太美好了。

如果可以，我愿意一直抱着你。可是如果惹恼了你，我就惨了。你一定会用愤怒的双眼瞪着我，不过这也没什么不好。我今天就想多看一眼比平时更像女孩的你。

"你能满意真是太好了。"我轻轻地拍了拍她的肩膀。

小余绫赶忙移开了自己的头，调转过羞红的脸。

"好了，好了，快让我进去。要是感冒了谁负责？"

*

我俩围坐在小茶桌边。

小余绫一边翻看原稿，一边逐字逐句地跟我讲述她的意见。看得出来她非常开心。她对稿子基本满意，只是标出了几处跟她原意有些出入的地方。我们讨论了一下修改的方案。

我们俩就这样看了大约一个小时。

"最后就是这句台词。"小余绫略显犹豫，我看了一眼她指出的那一句。"啊，到底还是这句啊。"我差不多猜到了。

这句台词是主人公灵魂的呐喊，在故事的结尾，十分重要，必须打动读者。可是我对这句台词并不满意。我花了点时间尝试着要写得更好一点，却没有什么结果，暂时先这样了。这句话我觉得不理想，小余绫自然也发现了。

"辩解的味道太重了，能不能再简洁些，最好直白一点。"

"你说得没错，可我还有一个考虑。"

"那我嘴快了。你想怎么做？"

我要把小余绫说的台词记下来，于是把手搁在了键盘上。可是小余绫定定地看着我，非常真诚，非常严肃："拜托了，这句台词让我来写吧。"

我插上电源，打开了文档。把光标移到要修改的位置，让它出现在屏幕的中央，我给小余绫拉开一把椅子。一直站在角落里的小余绫现在很紧张，她做了好几次深呼吸，才慢慢坐到椅子上。

"不要紧吗？别勉强。"

听见这话，盯着屏幕的小余绫瞥了我一眼，然后松下肩膀轻声道:"应该没事,不过……"

"不过什么?"

小余绫坐在大书桌前,低头含胸,就像迷路的小女孩一样无助。

"那个……请你……在边上陪着我好吗?"

"哦哦,好。"

我跟小余绫和上次一样,从客厅搬了把椅子过来,放在她身旁,一起看着电脑屏幕。我们并肩作战,只是位子对调了一下。

小余绫轻轻抚摸着键盘,问我:"嗯,你还记得你第一次跟我说话的事吗?"

她眼睛盯着屏幕。我看了看她的侧脸在脑海中搜索着当时的记忆。

小余绫垂下眼帘,平静地说:"我心想这就是命运的安排啊。"

你当时问我是不是喜欢小说。

"啊……"

小余绫浅浅一笑,继续说:"当时,我已经丧失了书写的能力,所以我没法回答你。可当我知道你就是千谷一夜时,立即意识到这就是命运的安排。我强烈地感到自己必须坚持下去。"

"现在我能回答你了。我喜欢小说,非常非常喜欢。"小余绫看着我,脸上洋溢着幸福的微笑。

我点了点头,她仿佛下定了决心,转向电脑屏幕，我一直守护着她。

"没关系，一定行的。"她给自己打着气。

没关系。

我凝视着她的侧脸。没关系，你一定行，肯定写得出来。

她发白的指尖触到键盘，微微地颤抖起来。她紧张得不住咽着唾沫，呼吸也越来越急促。她眨了眨眼睛，像没法直视面前的事物似的，不停地眨眼睛，然而小余绫并没有把视线从屏幕上移开。

她的手指慢慢地敲着一个一个字符，为了亲手写出重要的语句。

她出汗了，嘴唇发紫，浑身发抖。

她被难以忍受的恐惧和不安弄得焦躁起来，脑海中浮现出那些恶意的伤害，可是为了写作，她一个字一个字把它们打了出来。

她严肃地盯着屏幕，我始终在一旁注视着她。

她一定很害怕，害怕自己从此再也不能写作了，害怕自己的一生就这样结束了。可是你在抗争，不屈不挠地敲击着键盘。

她痛苦地抿着嘴小声呻吟着，喘息、呜咽。但是她仍在继续，噼噼啪啪地敲打着键盘。

当然会痛苦。小余绫曾这样对我喊叫："不管多苦多懊恼多难受也要去写，这才是小说家，不是吗？"

流泪、呕心沥血、苦闷，也不停下手中的笔。

再苦再难也不停下手中的笔，

只为了将来有一天自己能够不再哭泣。

只为了哪一位翻开书页的读者能够不再哭泣。

所以今天我们才辛辛苦苦、泪流满面地写。

小余绫敲着键盘，用文字构筑着书中的台词。

嗯，那是哪一次呢？你曾经说你别的什么也干不了，只能写小说。你说你不会画漫画，不会拍电影，所以只能写小说。

事实不是这样的。

你是小说家。即使还有别的人生道路，可是你选择了当一个小说家。不管多么苦、多么难，不管还有什么其他的捷径，可是你选了小说这条路。

我想我也是一样。不是其他什么都不会才来写小说的，而是因为它是我自己选择的道路，是我们自己选择的、非常非常崇高的一条路。

尾声

　　放暑假时，我们就交出了原稿。稿子到了出版社，之后就会变成校样，经过校对，大约一个月后再回到我们手里。这段时间我们无事可干，有些无聊。

　　因为学校放假，我很少能在教室里看到小余绫。文艺部的活动也不多，偶尔看看活动室，也只有九里一个人在里面看书。成濑忙着帮自家书店打杂，不过有时会发邮件来跟我商量要投的那篇小说。每当这时，我们就借用活动室，一起修改稿子。她后来好像跟纲岛她们和好了。她说她一定会写一本精彩的小说，让纲岛知道知道小说的魅力。

　　小余绫并没有来活动室。我们已经好几个礼拜没碰面了。当然啦，她之前每次找我都是因为合作的事。

　　她并不喜欢我，还叫我在班级里不要跟她说话。今后如果合作的书出版了，那我们可能在校外也见不到了。因为我们合作写小说，原本就只是工作上的交往。

　　我有些担忧小余绫的心理问题，不过她以后会克服的吧。她总有一天还会自己动手写小说的，小说之神本来就很眷顾她，没必要再借助我了。这么一来我还真有点失落。

我自己还没有从被停刊的伤痛中完全恢复，只是已经不像之前那样心烦意乱了。想想和小余绫一起写作的这段经历，也许有一天我会挺过去的。那现在我就忍痛活着吧，这大概就是小说家的宿命。

我送走了要先回家的成濑，一个人到教学楼后面的长椅上躺了下来。参加社团活动的同学们比平时更加积极。因为他们都是十分阳光的社团，都有为参加大型比赛而活跃的主力队员。我记得之前跟九里说起这事时，他说："我们文艺部也不差啊。我们还有两个专业的作家呢，很棒、很阳光啊。"

阳光十分刺眼。

一片金光灿烂的世界。

它也会属于我吗？

"总算找到你了。"

刺眼的阳光被一个黑影遮住了，我眯起眼睛，拿手挡在额前。穿着校服的小余绫正放肆地叉着两条腿站在我面前。我吃惊地眨了眨眼睛，微微起身，仔仔细细地打量了一下正两手叉腰俯视着我的小余绫。

"我还以为你溜到哪里去了呢。手机也打不通，问了雏子，说你今天不打工应该在家的，可是我到你家去，你又不在。那我想大概是来学校了吧。要来学校我还得回去先换上校服。叫我跑了这么多冤枉路，你说要怎么办？"她这一串连珠炮似的攻击，叫我不由得苦笑起来。

"那个，我手机没付费被停机了。得等这次的稿费发了才能恢复。再说我在哪里跟你没什么关系吧。你都好久不来活动室了，不是吗？"

"啊……"小余绫哼了一声，甩了甩黑色的长发，"家里有事，我跟他们去旅行了。昨天才回来。"

"冲绳，还是北海道？"

"英国、法国、意大利。"

"哇，有钱人家的小姐就是不一样。那个，出国旅行能不能以出国采访费什么的名义来报销啊？我还没出过国呢。"

"怎么可能？"小余绫傻愣愣地耸了耸肩。

"那你找我有什么事？不像是来给我送礼物的啊。"

小余绫空着两只手，一身轻松。苗条的身上穿着校服的衬衫，长发随风飘舞。她稍稍怔了一下："搞什么。好了，走啦。"

她一把抓住我的手，硬把我拽了起来，我不由得摇晃了一下。她高傲地笑着，拖着我就走。

"去……去哪里啊？校样还没发回来啊。"我尽量保持着平衡不让自己摔倒。

小余绫还没放手，她转向我："明摆着啊。"她满脸坏笑。耀眼的阳光火辣辣地照在我们身上。

她跟我说:"去写我们的下一部作品啊。"

我被她拽着,脚步跟跄地跟在她身后。微风拂过,吹起了她黑色的长发,我闻到她头发上的香味。看着她的背影,我心里想——

小余绫,你曾好几次问过我。

你为什么会写小说?

我想写温暖的故事。我跟你一样爱哭,所以我想写叫人感觉温暖的小说,叫那些同样会流泪的人知道自己并不孤单,给他们安慰。当然还有其他原因,比如为了自己不再哭泣,为了妹妹。我需要钱。但是我还新加了一条,只是不能告诉你。

我现在要为你写小说,直到有一天你能自己拿起笔。我现在想替你写。没关系,你一定很快就能恢复的。但这之前就把我们合作的作品奉献给所有热爱小说的人吧。这其中一定还会有忧虑,还会有痛苦,还会有流泪。但我们将继续写下去,为了将来有一天,这世界上有一个人不再哭泣。

我们继续合作。